大鱼

有爱的青春陪伴者

踏错时空·惊鸿一瞥

春深旧梦

Chunshen jiumeng

鹿呦呦 著

Luyouyou

中国致公出版社

图书在版编目（CIP）数据

春深旧梦 / 鹿呦呦著 . -- 北京 : 中国致公出版社 , 2020

ISBN 978-7-5145-1477-3

Ⅰ . ①春… Ⅱ . ①鹿… Ⅲ . ①言情小说 - 中国 - 当代 Ⅳ . ① I247.5

中国版本图书馆 CIP 数据核字 (2019) 第 272676 号

春深旧梦 / 鹿呦呦 著

出　　版 中国致公出版社
（北京市朝阳区八里庄西里 100 号住邦 2000 大厦 1 号楼西区 21 层）
出　　品 大鱼文化
发　　行 中国致公出版社（010-66121708）
作品企划 大鱼文化
责任编辑 谢　杨
特约编辑 张　磊　邓玉玮
装帧设计 蔡　璨
印　　刷 长沙鸿发印务实业有限公司
版　　次 2020 年 7 月第 1 版
印　　次 2020 年 7 月第 1 次印刷
开　　本 880mm × 1230mm 1/32
印　　张 8.5
字　　数 173 千字
书　　号 ISBN 978-7-5145-1477-3
定　　价 36.80 元

目录

contents

001
第一章
燕哥哥，你这样是要娶我的

035
第二章
世间所有的美丽，都不及他第一次遇见她

063
第三章
只要你不走，我也不走

088
第四章
他怕自己不够好，让她觉得爱情也不过如此

109
第五章
——你刚刚是在亲我吗
——不，是猫亲的

目录

contents

134
第六章
舍不得，忘不掉，终不悔

157
第七章
两人两猫，一家四口

187
第八章
山花烂漫，星河璀璨，一屋两人三餐四季

215
第九章
再多的被子，也没有你的怀抱温暖

237
第十章
这个春天找不到，下一个春天继续找

265
番外

·第一章·

燕哥哥，你这样是要娶我的

Chunshen jiumeng

民国初年。

那年春日，她年满十八岁，刚出落成亭亭玉立的少女，漾着浅浅的酒窝在染布坊里同小猫嬉戏玩耍。

漫天飞舞的染布中，她不经意间抬头，便遇见了那个留洋归来、意气风发的斯文公子。

从此，一坠情河深似海。

“卡！

“卡卡卡！”

尖锐而略显慌张的声音传来。

舞台上的女演员不满地瞥了一眼那个坐在半明半昧光影里的男人，

虽然态度冷漠，但俊俏的脸庞却让人无法生恨，反倒想与君周旋一番。

刚刚喊“卡”的是他的助理容漾漾，一个带着婴儿肥的年轻姑娘。

容漾漾跑上舞台，低声对环抱着双臂的女演员说了几句话，女演员表情不悦地愤愤离去。

“深爷，这是今天最后一个了。”容漾漾低下头，看了看手中的名单说道。

孔春深伸直长腿，慢悠悠地站了起来。他戴着一顶鸭舌帽，一张五官分明的小脸被掩去了一半，下巴瘦削。他轻轻地抿了抿嘴说了声“嗯”，便拿起椅子上的驼色毛呢外套朝馆外走去。

刚坐在他身后的吕姬起身追了几步而后又退回来，站在原地神色凝重。

这已经是大型舞台剧《染娘》海选女演员的第 189 天了。这一百多天里剧组收到过上万份女演员的简历，也面试过上千位女艺人，有入行不久尚未名声大噪的新人，也有当红的花旦。

但从来没有一个人，能得到孔春深的认可，成为他心目中的染娘。

“姬姐，怎么办啊？深爷一直没找到合适的染娘人选，咱们的舞台剧再不排练就没法正常开演了啊！”容漾漾走到吕姬的身旁，一脸焦灼。

“他总会有办法的。”吕姬倒是希望染娘的人选永远不会出现。她当初接到这个舞台剧剧本时，染娘的角色便一直是她所中意的，无奈孔春深邀请她出演的却是女二号，飞扬跋扈的江家千金江白鸥。

若是孔春深最后实在找不到染娘，论在舞台剧圈内的实力与人气，谁还能比得过她吕姬？

想到这里，吕姬嘴角微微向上扬了扬。

每年的乌镇戏剧节是戏剧迷们的狂欢日。

作为资深舞台剧制作人，这些年来一直被媒体评为后起之秀的孔春深自然也在邀请名单之内。

孔春深自五年前以一部孤独为题材的舞台剧《小丑先生与鬼姑娘》一夕成名之后，便如烟花转逝般突然沉寂了下来。此后孔春深工作室放出的消息是在筹备一部从民国初年开始的历经数十年变迁的大染坊年代戏，除此之外没有透露更多。

乌镇上乌泱泱的到处都是人，青瓦灰墙和盈盈碧江旁充斥着各类民间杂耍和街头戏剧表演。这座墨色笼罩的江南水乡小镇因为戏剧节的缘故多了喧嚣声与烟火味，人山人海的叫好声、敲锣打鼓声响彻天空。

孔春深辗转观看了几场街头表演，但都无心停留。他穿过络绎不绝的游客，走过拐角来到一家看上去保留着 20 世纪初老旧风格的便利店。

“来一包中华。”孔春深低着头，一顶质地考究的鸭舌帽挡住了他的半张脸，脖子上贴着快及肩的乌黑头发。他的长刘海压在帽檐下，不苟言笑的表情像极了民国时期上海滩的纨绔子弟，恰巧他又酷爱一身复古打扮，白色衬衣、棕色细纹背带裤，一副散漫又痞坏的阔少模样。

便利店的老板是个大腹便便的中年男人，他正专注地看着一部霸道总裁言情剧哭得泪流满面，闻言慢慢挪了一只手，从身旁的玻璃柜里取了一包中华摆在孔春深面前："一百块。"

游客如织的日子，物价自然是水涨船高。

孔春深拿起手机去扫贴在墙面上的二维码，突然，他怔住，目光落在二维码旁边的一张老旧的黑白照片上。

照片里是个明眸皓齿的女孩，梳着两条麻花辫，腼腆地笑着，眼睛并没有直视镜头，像是被什么东西吸引住，泛着珍珠般明亮的光芒，水汪汪的。

其实墙面上不只是贴了这张照片，大大小小的还有一些黑白人物像以及美人挂历，但孔春深偏偏就被这张照片里的美人儿给迷住了。

"她是谁？"孔春深问。

"钮祜禄氏蔷薇玫瑰泪·冰雪殇璃。"

孔春深瞥眼去看便利店老板，他正看着霸道总裁剧哭到几近昏厥。

……

孔春深无语，他直接绕到玻璃柜后面，取下那张老旧的美人照片，在便利店老板的眼前来回晃了几下："你认识她吗？"

"不认识。"便利店老板大手一挥，拍开孔春深挡住他看总裁剧视线的手臂。

"这张照片能卖给我吗？"孔春深又问道。

"拿走拿走，送你了。"便利店老板对于有人打扰他看剧的行为感到深恶痛绝，沙哑着哭坏的嗓子说道。

孔春深拿上那包中华，扫了码后将手机揣回裤兜里，一只手压了压鸭舌帽，走出便利店。

来来回回，孔春深看了几遍照片，这张照片已经老到好像轻轻一碰就会干裂开来。他小心翼翼地将它摊放在手掌心上，打算回客栈好好搜寻它的来源。

突然，他被撞了一下。

孔春深崴了下脚，踉跄着往前几步险些摔倒在地上。一个高大的黑衣男从他身边迅速掠过，他下意识地去摸自己的口袋。

果不其然，手机被偷了。

他心里一慌，立马拔腿去追那黑衣男子，但黑衣男子已经消失在密密麻麻的人群中了。

孔春深跺了跺脚，心中生出愤懑与无可奈何，再回看自己手中的照片，刚刚在那碰撞之中竟不翼而飞了。他慌乱地低头四处搜寻，总算找到时，一阵大风刮过，照片凌空飞起，慢悠悠地飞向天空。

他追逐着那照片而去。

照片径直往东南方向去了。这阵风说来也奇怪，似那六月的梅雨绵延不断，托着照片仿佛在追寻什么东西。

孔春深一米八六的高个子跳起来也够不着。

跨过拱月桥，穿过巷子口，人烟越来越稀少。

他追着照片来到一条临河的小街，明明风景很美，却寂寥无人。

照片飘落进一户宅院。

厚厚的院墙横亘着，墙壁上蔓延着爬山虎，一片深秋红。

孔春深立在大红门前犹豫了一会儿，伸手准备轻轻地叩门，在手还未碰到大红门时，又一阵萧瑟的秋风吹来，大红门仿佛被一只无形之手蓦地推开。

里面是个大染坊，中间立着一口大大的染缸，蓝印花布垂落在半空中，随风纷纷扬起，天空宛如铺上了一层靛蓝色的绸缎，而在这似梦非梦的染坊里，一名白衣缟素的女子缓慢踏着脚步而来，哭得泪眼婆娑，梨花带雨，似有万千忧愁与苦恨困于心间。

孔春深微微一怔。

眼前的女子，模样与照片上的女孩相仿，似乎就是同一个人。

女子没注意到有人，她的思绪飘远，泪水慢慢流着。漫天飞舞的蓝印花布下，那张脸泛着病态的苍白，美得让人心疼。

孔春深向前走了几步，那女子终于微微地抬起头，张了张嘴欲言又止，最后颤抖着的嘴唇终于吐出几个字：“燕哥哥……”

“燕哥哥，是你吗？”女子的声音很绵软，仿佛从遥远的天边传来。

“这位小姐你好，你真的……真的就是我要找的洛水女神！我的染娘！”孔春深望着眼前这张带着泪痕的美丽脸庞，喜上眉梢。

“燕哥哥，染衣好命苦啊，你救救染衣吧……”女子哭得撕心裂肺。

“我不是什么燕哥哥，我叫孔春深，是一名舞台剧制作人。”孔春深从口袋里取了张名片给女子，但女子并没有伸手去接，依旧嘤嘤啼啼地抹泪哭泣着。孔春深无奈，他最见不得女人哭了，“你遇到什么困难了吗？”

“阿爸阿妈枉死，姐姐下落不明，舅舅污蔑我是扫把星，说是我害死了他们，现在正召集长老们去祠堂，要将我扫地出门。”

“还有这事？你报警了吗？”

“燕哥哥，我听不懂你在说什么。”女子抽了抽鼻子，泪眼汪汪地看着孔春深，“我现在能依靠的人只有你了，你一定要替我主持公道啊。”

女子伸出手，紧紧地揽住孔春深的胳膊。

正当孔春深一头雾水时，大红门“哗啦”一下被打开，几个文着花臂的壮汉走了进来，扯着大嗓门道：“你们怎么在这里？这儿快要拆迁了，禁止闲人入内啊！”

“都废弃那么久了，怎么还有人在这里染布？”壮汉扯了扯蓝印花布，架起的竹竿一排排倒下，甚至还打算动手去砸院子中央的那口大染缸。

“你们不要碰！”女子冲上前想阻止他们，却被孔春深给拦住了。

孔春深高大挺拔的身子横亘在壮汉与女子之间：“这染布看着好好的，不能随意破坏吧？”

“哎，这不是那个制片人深爷吗？”在乌镇混久了，自然是认识不少戏剧圈内的大咖，就算没见过，也耳濡目染知道一些，壮汉的脸色稍缓和了些，嬉皮笑脸道，“深爷，我们也是按命令办事。集团说了，今天必须清理干净这里，别说人了，连一件小东西都不能落下。”

“你是说这里要拆迁了？”

“是啊。”壮汉怕孔春深不信，从手机里亮出几张土地产权书给他看，然后悠悠地绕过孔春深往前走去。

“这是我家！”女子又跑到壮汉前面，张开双臂挡住他的去路，一脸凛然。

“你家？”壮汉笑了笑，“小妹妹，这里早在几十年前就没住人了，原先是个大染坊，后来没落了，现在要把它开发成一家民宿。”

“大染坊就是我家。”女子转身朝屋内跑去，推开门，积压了许久的灰尘迎面扑来，她呛了一鼻子灰，用手拍了拍，眼前的屋子早已破败不堪，木制的桌椅被虫子啃得腐烂，蜘蛛网星罗棋布，哪里还有半点家的模样。

“这是怎么回事？”女子怔了怔，站在原地呆若木鸡。

“我就说这里没人住了吧？都荒废几十年了。”壮汉在她身后说道。

“不！”女子不相信地又推开了大染坊的其他屋子，但每间屋子里都是布满灰尘的陈年旧物。最后她颓然地坐在青砖地面上，一脸茫然，喃喃自语，“这到底是怎么回事？”

孔春深万般劝说，才终于把女子带离那诡异的深宅大院。

“你叫什么名字？”

“周染衣。”

“哪一年生的？”

“民国元年。”

孔春深奇怪地转身瞥了眼这个跟在他身后一脸唯唯诺诺的女子，她好奇地探着小脑袋东张西望，似乎对乌镇的一切都很陌生。

“民国元年，难不成是1912年？”孔春深轻笑了声。

“嗯。”周染衣没有迟疑地点了点头。

“那现在是哪一年？”孔春深玩味笑道。

“1930年，我昨儿刚满十八岁。”周染衣认真答道。

孔春深“扑哧”笑出声来：“不必在我面前演戏，现在还不是试戏的时候。”他抬眼去看周染衣，却见她双眸里泛着迷茫，他连忙收了笑容，“你住哪儿，我送你回去吧？”

“我就住大染坊里。”

这句话周染衣已经说过无数遍了，孔春深自然是不信。见她如不谙世事的小孩，孔春深已经怀疑了很多次她该不会是个低能儿吧？

可惜了这副好皮囊，他惋惜着。

派出所里并没有任何失踪人口报案，就连在乌镇生活了四十年、人脉网上通下达的老警察也称从未见过周染衣。

周染衣在派出所里如同受到惊吓的小鹿，惶恐不安地拽着孔春深背带裤上的带子不肯放手。孔春深觉得再这样下去问不出个所以然，自己这条定制裤带就要先被她给扯断了。

另一方面孔春深也不忍心将周染衣孤身一人留在陌生的派出所里，便买了新的手机和电话卡，给其中一位警察留了联系方式，等她的亲人朋友找来。

这警察是孔春深多年的挚友林风眠，相信孔春深的为人，自然也放心他将周染衣带走。

待孔春深回过神来时，已经不见周染衣的身影，他心里一慌，拨开人群去找，就见他要找寻的人儿正站在小吃摊前，目不转睛地盯着新鲜出炉的姑嫂饼直咽口水。

“姑嫂一条心，巧做小酥饼，白糖加椒盐，又糯又香甜。”摊主吆喝道，抬眼看了眼周染衣，“姑娘，来几个？”

“饿了吗？”孔春深走到周染衣身旁，轻声问她。

周染衣点点头，眨巴着眼睛，湿润的眼眶和哭红的鼻子，看上去娇滴滴的，可爱极了，他心里一阵悸动。

孔春深买了一袋姑嫂饼，递给周染衣：“够吗？不够我再买一袋。”

周染衣迫不及待地撑开袋子，从里面拿了个饼子正要放到嘴边时，想了想将饼递到孔春深的面前，微微笑道：“燕哥哥，给你。”

孔春深摆摆手：“我不饿。”

周染衣点点头，将姑嫂饼迅速塞入嘴中：“我记得小时候的燕哥哥跟染衣一样喜欢吃姑嫂饼。”她一边含混不清地说着，一边又陆续往嘴里塞了两个。

孔春深怕她噎住，在隔壁摊买了一瓶矿泉水给她。

吃了四个饼之后，终于缓过饿劲儿的周染衣打量着四周：“这里好生奇怪啊，明明建筑是熟悉的，店铺却是我不认识的，而且有些人穿着好奇怪，是西洋的装束吗？”

周染衣文绉绉的话语让孔春深有些不适应，弄不明白她究竟在奇怪什么，也懒得再追问，便将她带到一处客栈暂且安置下。

他多开了一间房，顺便向客栈老板打听周染衣。

客栈老板看着她这张生面孔，摇了摇头：“乌镇不算大，这里的人我基本都认识，这个姑娘应该是外地人吧？但听语气，又像是乌镇人。”

孔春深又问起那间染坊，客栈老板与来拆迁的人以及林风眠说的基本一致，那间染坊早在纷乱中毁于一旦了，现在被某地产集团买下准备开发成民宿。

孔春深将周染衣带至她的房间，碍于男女有别，他不便多停留，仅仅嘱咐了几句注意事项之后便准备离开。

周染衣却再次拉住他背带裤的带子：“燕哥哥，你一定要替染衣讨回公道啊！我阿爸阿妈不能就这么冤死，我还要找姐姐……”

孔春深只当她是在胡言乱语，拨开她的手：“我们明天再说。”

周染衣犹豫了一会儿，然后点点头：“也是，天色已晚，是该歇下了。”

孔春深看着表情渐渐黯淡的周染衣，想了想，从裤兜里拿出那张黑白照片：“这上面的人是你吗？”

周染衣欣喜不已：“燕哥哥，原来你收到了啊？这是染衣托姐姐寄给你的啊。”

“寄给你的燕哥哥的？”

“嗯。”周染衣小鸡啄米般点点头。

“鸿运便利店你知道吗？”孔春深回想起今天买中华烟的那家便利店的名字。

她摇摇头，又一脸茫然。

孔春深叹了口气，将照片收起来：“罢了，你先睡吧。”说罢便转身走出房间，关上门。

他回到自己的房间里，在床前坐下，心绪复杂，看着照片上与周染衣无异的面孔叹了口气。

原本以为找到了心中的染娘，怎知是个疯疯癫癫精神不太正常的人儿？

他想了一会儿，拿起新手机登录了微信号，吕姬噼里啪啦的消息便铺天盖地而来，全是在问他的手机为什么关机了，是不是出了什么问题之类的。

“手机被偷了，我刚回到客栈。”孔春深简短地回复道，不等吕姬的回话，退出对话框去查看有没有重要的消息。处理完工作室的一些琐事，他便起身去洗漱了。

水声潺潺，湿答答的乌发柔顺地贴在孔春深的脸颊和脖颈处。他仰头对着花洒微眯起眼睛，一片水雾氤氲中，脑海里所浮现的全是周染衣那张不谙世事的脸。

她弱柳扶风的娇柔和面对外来之物的担惊受怕像极了自己笔下所刻画的染娘，在历经几度悲欢离合和乱世纷争之前，她也不过是一个被保护得完好如璞玉般的深闺大小姐。

可是周染衣却像一只与现代社会脱离的小白兔，面对周围的一切都一片茫茫然。

孔春深感到奇怪，但他强迫自己不再去想她。

半夜，他被嘈杂的声音给吵醒。

孔春深睁开蒙眬睡眼，朝声源望去。客栈外一片灯火通明，不远处古镇的一角，熊熊燃烧的火焰直蹿天空，浓烟滚滚。

敲门声接踵而至。

孔春深下了床，理了理睡袍打开门，见客栈老板一脸紧张兮兮地站在门口："你……你带来的那个姑娘跑了。"

"啊？"

"她看见那里有火灾，好像往起火的方向去了。"

听到这话，孔春深也顾不得换衣服，随便从衣架上抓了件风衣便往外跑去。

街道上不少人往起火的方向赶过去，消防车的声音越来越近了。

起火的地方正是那间大染坊，被密密麻麻的人包围着，一些年轻男人一桶接一桶地打算浇灭这大火，但都无济于事，火势反而越来越猛烈。

"啊！"

孔春深听到一道凄厉的喊声。

大火前，周染衣被几个路人拦住，她无助地号叫着，看着被大火渐渐湮没的染坊哭得撕心裂肺。

孔春深认出了她，忙过去扶着。周染衣的双手在空中来回地扑腾，她不断地想要靠近大火，甚至不惜葬身火海一般。孔春深费了很大的力气才将她拦回来。

“燕哥哥，我的家，我的家啊……”周染衣哭得很大声。

路人们议论纷纷。

消防车终于赶到，大火虽然被扑灭，但染坊只剩下断壁残垣，那满墙的爬山虎也在这场火灾中化为灰烬。

周染衣红肿着眼睛，哭到无力地瘫坐在地上，嘴里反反复复念叨着的只有那个字——家。

她出来的时候应该也很匆忙，身上只穿着一件薄薄的单衣和一条单裤。孔春深脱下自己的风衣罩在她的身上：“染衣，我们先回去好不好？你在这里会着凉的。”

“燕哥哥，我的家，我的家没了，怎么办啊……”周染衣倚在孔春深的怀里，表情痛苦。

孔春深不知如何安慰，只能保持着一个姿势让她依偎着，他叹了口气，觉得怀中的女子越来越像个谜了。

染坊因为游客未熄灭的烟头星火毁于一旦。

消防人员清理完现场已是第二天蒙蒙亮了，雾气中夹杂着火烧后的烟的味道。

周染衣痴痴地站在染坊前不肯离去，半个身子倚靠在孔春深宽厚的胸膛上，弱柳扶风般可怜。

孔春深注意到她的头上还别着昨天的那朵白菊花，已经有些泛黄枯萎了。虽怀中有美人，但他偌大个身子几乎都在替她挡风，两人之间隔着那件驼色风衣，他冻得直哆嗦，脚上还穿着客栈提供的一次性拖鞋。

在孔春深的再三请求下，消防人员终于同意他们踏入宅院内，但不得多停留。

周染衣颤颤巍巍地走在一片废墟中，她的泪水禁不住又落了下来，半天说不出一句话来，苍白的嘴唇颤抖着，而后两眼一闭，晕倒在身后的孔春深怀里。

“深爷，你是从哪里捡到这么个黑户？她的指纹我查过了，根本没有匹配的，目前也没有接到任何符合条件的人口失踪报案。”

“如果她找不到家，也没有人来认领，这种情况一般怎么办？”

“这么大个人不可能吧？”手机那端的林风眠呛笑道，听孔春深沉默不语，随后又认真答道，“那当然是送去收容所了。如果精神不太正常的话就送去精神病院。”

“我知道了，之后再联系你。”

孔春深挂断电话，站在走廊上发了片刻呆，忽然听到从房间里传来周染衣的尖叫声，他连忙推开门，匆匆忙忙地大步跨了进去。

周染衣正抱着被子蜷缩在床头，一只手止不住颤抖地指向前方：“那是什么东西？”

孔春深顺着周染衣指的方向看去，电视打开着，里面放着的正是他五年前的舞台剧《小丑先生与鬼姑娘》。鬼姑娘因为太吓人吓哭了孩子遭到对方父母的训斥，踩着高跷的小丑先生耍着魔术逗孩子开心，替鬼姑娘化解了困难。

“你没有见过小丑吗？”孔春深问道。

“那个盒子里装的是什么？为什么他们会动还会说话，是皮影吗？”

“这是电视机，你不知道吗？”

周染衣惊恐地瞪着眼睛，摇了摇头。

孔春深扶额叹息，从周染衣抱着的被子一角找到遥控器，关掉了电视。他拉过来一张凳子坐下：“从现在开始，我问你什么，你就认真地如实回答，可以吗？”

周染衣脸色渐渐缓和下来，乖巧地点点头。

“燕哥哥是谁？”

“燕哥哥……我小时候就认识你了啊，那时候你才十三岁吧。”

“你为什么叫我燕哥哥？”

“你不是燕哥哥吗？这眉这眼这脸，你就是燕哥哥啊。”

“你认错人了。我叫孔春深，大家一般叫我‘深爷’，除此之外我没有其他的名字。”孔春深一本正经道。

“可你明明收到了染衣的照片……”泪水又从周染衣的眼里溢了出来，“燕哥哥，你为什么要故意说自己不是燕哥哥？”

孔春深看着这如坏掉水龙头一般哗哗流个不停的眼泪感到头疼，他把头偏向一边，陆陆续续问了几个问题，但周染衣仍是云里雾里。他有些恼怒，甚至直言若是再撒谎便将她送到林风眠那里处置，但周染衣似乎根本不知道“进局子”意味着什么，仍旧一脸懵懂无辜，断断续续地啜泣着。

孔春深无奈之际，收到吕姬发来的微信，投资方那边只给最后三天的期限，如果再找不到舞台剧《染娘》的女主角，便立马撤资。毕竟之前推荐过来的女演员也被他给拒绝了，投资方认为孔春深完全是在戏耍他们，根本没有想要认真做这部舞台剧的想法。

孔春深之前已经为这部舞台剧付出了太多的心血，很多场景的搭建和道具设计都是他自己出资画图亲力亲为，最后实在是山穷水尽才不得不引进投资。一旦这次投资方撤资，《染娘》这个项目可就完完全全搁浅了。

他想了想，抬起眼看了看周染衣：“你会演戏吗？”

“啊？”周染衣楚楚可怜的模样与剧本中落难的染娘简直是一个模子刻出来的。

孔春深叹了口气，在心里暗暗下了决心，死马当活马医吧。

周染衣一开始死活也不肯离开乌镇，孔春深好说歹说，直到答应帮她找寻失散的姐姐，她才肯跟着他去上海。

孔春深办理着退房手续。

客栈老板看了看周染衣：“姑娘没事吧？”

他摇了摇头：“她昨天只是一时受到了惊吓。”

客栈老板点点头，也觉得这个女子行为举止古怪极了。

孔春深领着周染衣往停车场的方向走去。乌镇戏剧节还未落下帷幕，街道两旁仍有表演。周染衣看得应接不暇，孔春深像领孩子一样带着她走，本想匆忙离开，但见她脸上露出的欣喜，有些于心不忍，陪她看了几场杂耍。

“啊！好棒好棒！”周染衣大声地欢呼着，不停地鼓掌，脸上绽放出无比灿烂的笑容，孔春深看痴了。

“燕哥哥燕哥哥，你有钱吗？”周染衣拉了拉孔春深的裤带。

“嗯？”

“他们表演得不容易，染衣想打赏他们一些钱，可是染衣现在身无分文。”周染衣楚楚可怜道。

手机快捷支付的时代，人们基本不带零钱出门了。

孔春深看向杂耍摊，见那里赫然立着一个巨大的微信收款二维码。

现在卖艺的也与时俱进了。

孔春深无奈地笑了笑，掏出手机转了十块钱，很快就听见摊主手机的收款声音响起：“微信扫码到账，十元。”

“感谢这位爷的打赏！”戴着小丑面具的艺人朝孔春深作揖，见他身边还有个女子，便拿了个红色的爱心气球递过去。

周染衣兴高采烈地接过气球。

孔春深看着那张笑得夸张的小丑面具，突然不适，那些想要遗忘的记忆似乎又泛起波澜，他顿了顿，拉着周染衣离开。

“燕哥哥，我还没看够呢！”周染衣跟在孔春深身后，没意识到他忽然不正常的反应。

终于到了东栅景区的停车场。周染衣望着眼前大大小小的车辆惊讶得合不拢嘴：“哇，我第一次见到这么多汽车。燕哥哥，这些车都是你的吗？”

孔春深不予理睬，按响手中的感应钥匙。一辆黑色的阿尔法罗密欧响了一声，周染衣吓了一跳：“什么东西在叫？”

孔春深只当她是在演戏，一惊一乍让人忍俊不禁。他径直走到阿尔法罗密欧前，打开副驾驶座的门。

周染衣犹犹豫豫地坐了上去，将气球抱在怀里，半个裙角落在车外面。孔春深把她的裙角卷起放在她的腿上，走到另一边上了驾驶座的位置，扣上安全带。

“燕哥哥你这车子看起来比阿爸的高级多了，得好几万大洋吧？”周染衣前后张望着。

“五十万人民币，现在流通的是人民币，不是大洋。”孔春深启动车辆，刚行驶出几步车子提示音便响了起来，他瞥了一眼身旁的周染衣，“把安全带系上。”

“什么安全带？”

他无奈，将车停靠在一边，将周染衣怀中的气球拿开放到车后排，然后往她这边探了探身子，伸出手来回摸索到她的安全带，扣上。他再回头看时，周染衣直直地贴在车椅靠背上，圆溜溜的眼珠子一动不动的，像一只受到惊吓的小鹿。

“你怎么了？”孔春深奇怪。

“你刚刚摸到染衣的手了。”

呃……

“那你今早还靠我怀里了。”孔春深回道。

“染衣那时候太伤心，现在燕哥哥像故意的。还有这根带子是做什么的？你要把染衣捆起来吗？”周染衣扯了扯安全带。

“这叫安全带，坐车的时候必须系上的，不然有危险。”孔春深耐心地解释。

周染衣见孔春深也系了安全带，便不再多言了，似懂非懂地点点头。

乌镇到上海大概三个小时的车程，一路上周染衣对于街道两边的高楼大厦和来来往往的车辆感到好奇不已，甚至打算把头探出去，或者伸出手摸摸旁边的车辆，每次都被孔春深给拦了下来。

他深爷长这么大奇奇怪怪的人见过不少，但像周染衣这样保持着清醒没有任何轻生念头还敢无视交通规则的人他是第一次见。

“以前阿爸总说外面的世界在打仗，不让我出门，原来外头是这么不可思议啊。”周染衣一脸天真，嘴边浮起蜜糖般的甜甜笑容，提到阿爸时，她的眼神又慢慢黯淡了下来，“可惜阿爸已经不在了。”

“你阿爸是怎么没的？”

“一场大病，传染给了阿妈，可为什么我偏偏没事呢？”周染衣小声地嘀咕着。

孔春深不再多问了。

阿尔法罗密欧从高速路上下来，路过几家饭馆时，周染衣望着门口牌匾上画着的色香味俱全的菜品，咽了咽口水，肚子开始咕噜噜地叫起来。

“饿了？”

“嗯。”周染衣毫不犹豫地点点头。

孔春深见她这坦率又不做作的可爱模样，忍不住笑了笑。车子在路边停靠，周染衣饿得急着要下车，却被安全带困住。

“别着急。”孔春深语气平和，替她解开了安全带。

“想吃什么？”

周染衣指了指一家小龙虾店。

孔春深领着她走进店里，还未到饭点，店里的人不算多，两人在靠墙的位置坐下。服务员笑嘻嘻地拿来菜单，周染衣小手在菜单上来回地点来点去：“我想吃这个、这个、这个，还有那个……”

“你能吃那么多吗？”孔春深打量着她这不超过九十斤的小身板。

周染衣自信地点点头。

“那行吧，刚刚她点的全部来一份。”孔春深对服务员说道，转而对周染衣说，“我去外面抽根烟。”昨天买的那包中华烟还未抽上，他已烟瘾难耐。

孔春深起身朝店外走去，站在门口，从裤兜里掏出烟，点着，低头抽了起来。烟圈从他的嘴里缓缓吐出，又在风里散去。他抽烟的模样像极了一掷千金的纨绔少爷，散漫性感，惹得几个路过的女人忍不住回头多看了几眼。

抽完烟，他将烟头扔进街道上的垃圾桶，然后走回店里。

菜品已经全部上齐，招牌麻辣小龙虾、烤羊蝎子、牛肉串、羊肉串、烤五花肉、烤猪蹄、香辣螺蛳，外加一份炒饭。周染衣正狼吞虎咽地吃着，小龙虾来不及剥掉全部壳便直往嘴里塞，因为吃不到壳里的肉而气得小脸微微泛红，最后只能先放弃去啃猪蹄和吃烧烤。

孔春深笑了笑坐回周染衣对面，看着她吃饭是一件让人开心的事情。昨儿个还哭哭啼啼的人儿现在正大快朵颐，仿佛这天底下没有什么事情是一顿饭解决不了的，如果不行，那就两顿。

“燕哥哥，你身上的烟味好重。”周染衣嗅了嗅。

“嗯。”孔春深漫不经心地应了声。

“你以后可不可以不要抽烟呀？抽烟对身体有害，而且……染衣不喜欢烟味。”周染衣的声音温柔软糯。

孔春深没有回应她的话，低头认真地剥了一只小龙虾，放到她的碗里：“吃吧。”

周染衣毫不客气地将虾肉送进嘴里，露出一个甜甜的笑容。

孔春深陆陆续续剥好了半盆的小龙虾，全部给了周染衣，自己一只也没吃。

“你很喜欢吃小龙虾吗？”

周染衣用力地点点头：“以前阿爸偷偷给我带回来过，但阿妈不让我吃，说这玩意看着奇怪，会中毒的。”她说着，眼眶又红了起来，不知道是因为太辣还是伤心，“要是阿爸阿妈还在多好，我想告诉他们我见到了燕哥哥，还来到了上海，还吃了小龙虾。我所期盼的所有美好事情都发生了，可是阿爸阿妈偏偏不在了……”

周染衣低低地啜泣了几声，而后吸了吸鼻子：“但是我会振作起来的，我要代替阿爸阿妈好好地活下来，还要找到姐姐。”

孔春深已经有些分不清周染衣说的究竟是不是真话了，每次她提起阿爸阿妈的真情实感不容置疑，可现实的种种迹象又找不到她究竟来自何方。

这说掉就掉的眼泪，说来就来的悲伤，该不会是个精神病患者吧？他在心里推测着。

“燕哥哥，我会演好你的戏的，你的戏以后会在很多很多地方表演吧？这样姐姐也能看到了。”周染衣倏地抬起头，整理了低落的情绪，眼睛亮亮地看着孔春深。

孔春深微微一怔，心里一阵悸动。周染衣脸上晶莹剔透的泪珠好似发着光，他的心尖像是被人轻轻地掐了一下，又酸又软。

周染衣虽然瘦，但还是很能吃的，一大桌菜全被她收入肚中。她摸了摸鼓起来的肚子，心满意足地打了个饱嗝：“燕哥哥，你怎么没吃啊？”

“我晚上吃得比较少。”孔春深完美的身材当然不是凭空而来的，因为他在饮食上极其克制，尽管他经常日夜颠倒地创作，但仍有每天早起健身的习惯，“你以后和大家一样，叫我深爷吧。”

“是，燕哥哥。”周染衣不好意思地挠了挠头，“啊……我还是习惯叫你燕哥哥。燕哥哥，你真的不认识染衣了吗？”

“你认错人了，我真不是燕哥哥。”

“那在找到真的燕哥哥之前，你先当我的燕哥哥，好不好？”周染衣笑得天真无邪。

“你幸亏是遇到了我，不然碰见什么坏人，早就被卖了。”孔春深无可奈何地叹了口气。

随后孔春深带周染衣去了趟商场，周染衣挑了两条棉麻的长裙，全是白色的，说是为父母披麻戴孝，素日里只能穿白色的。

路过内衣店时，孔春深有些尴尬地咳了几声：“你进去选几件吧，选完我再付款。”

“啊，这是什么？”周染衣的表情有些惊恐。

“内衣啊，你难道不穿吗？”孔春深又不自在地咳了一声，红了脸。

“这……这也太伤风败俗了吧，怎么能穿这个呢？会坐牢的，阿爸阿妈要是知道了一定会把我往死里骂的。”周染衣一脸认真。

“那、那你总不能直接穿裙子吧？”孔春深瞥了周染衣胸前一眼，又立马收回目光，“你是穿束胸？”

“嗯。”周染衣羞红了脸。

“里面应该也有。”见周染衣完全不肯踏进去，孔春深只好率先一步迈进内衣店。

周染衣低着头跟在他身后，只敢用余光去看衣架上挂着的一排排内衣。

“你给她找两件束胸吧。”孔春深对着店内的导购员说道。

导购员是个眉目慈祥的中年女人，她拿来一黑一白两件束胸，对周染衣说：“跟我去试衣间里试试吧。”

周染衣看了孔春深一眼，孔春深点点头：“试试吧。”周染衣这才跟着导购员走进了试衣间。

不一会儿，导购员走了出来，对在试衣间门口等着的孔春深不满地说道：“你女朋友胸部看着都有C了吧？还裹那么厚的白布条，都勒变形了，你确定还让她穿束胸？”

“咳咳咳，她自己要穿的。”孔春深也很无奈和委屈。

“那你也不劝劝她？”导购员从衣架上取了几件34C的文胸，回到试衣间里。

最后，周染衣双手捂着胸走了出来：“燕哥哥，这样不太好吧？”

“你遮什么？”

“我不习惯穿这个。”

“那你穿着舒服吗？”

“嗯……舒服是舒服，但……”

“舒服就行了，不会有人抓你的，放心吧。”孔春深拍了拍周染衣的肩膀，“别含胸驼背。你是个演员，就得把最美的一面展示给别人。”

周染衣从孔春深的话里得到了一些鼓励，慢慢地直起身子，手也慢慢地垂了下来。周染衣的胸部确实很饱满，在白色的棉麻裙下若隐若现。孔春深从店里拿了一根腰带给她系上，周染衣的身材一下子变得前凸后翘起来。

“你看，你这样是不是很美？”

周染衣侧身看着镜子里的自己，语气里仍有些慌张：“但政府曾经明文出台，一切所穿衣服或故为短小袒臂露胫或模仿异式不伦不类，为招摇过市恬不为怪，时髦争夸，成何体统，故意着奇装异服以致袒臂、露胫者，是要立即逮案，照章惩办的。”她噼里啪啦地说了一串，认真的模样甚是可爱。

“那你今天在街上是不是看到很多新式新潮的装束？”

“嗯。”

“所以你不会被抓起来的，现在大家都这么穿。这是个新的时代，倡导女人解放自我解放天性，去追求自己的美丽。这是一种自由的态度，无论你想穿什么，就算不穿，选择权都在你的手上，怎么舒服怎么漂亮怎么乐意就怎么来。”

“真的吗？上海真是个奇妙的地方。”周染衣露出一丝惊奇。

孔春深看着她的反应笑了笑：“不只是上海，整个中国都是这样，我们已经解放了，不是民国时期。”

周染衣听得一知半解。

孔春深又让导购员给周染衣挑几条内裤，但她还是只肯穿四角的，甚至看到丁字裤时惊讶得眼珠子都快掉出来了：“就这么点布料也能穿吗？”

导购员包装好内衣内裤递过来：“你女朋友真是太保守了。”

孔春深无奈地笑了笑。

周染衣则用水汪汪的眼睛看向他，一脸懵懂天真：“燕哥哥，女朋友是什么意思呀？”

“就是以后会结婚的意思。”孔春深随口一答，突然手臂被一只纤细的手给挽住，周染衣拉着他的手甜甜说道：“那我要当燕哥哥的女朋友。”

孔春深的脸瞬间红到了耳根，拖着周染衣离开了内衣店。

“女朋友不是那么容易就当的。”

“难道是染衣不够好看吗？”

“不是。”

“那是为什么？”

周染衣接二连三的问话让他哑口无言，孔春深想了想，只好说道：“来日方长。”

孔春深让容漾漾给周染衣订的酒店距离自己的工作室和家都不远，他给周染衣一一介绍了房间里设备的使用方法，包括如何开关灯和使用淋浴、马桶等。周染衣听得似懂非懂，在孔春深要离开房间时再次伸手扯住了他背带裤上的带子："燕哥哥，你不可以也住这里吗？"

"孤男寡女共处一室，对你的名声也不好吧？"他一面对娇滴滴的周染衣，声音便不自觉地温柔了下来。

"嗯……那你住哪儿？隔壁吗？"

"我回家住。"

"你家在哪儿？"

孔春深拉开窗帘，指了指落地窗外对着的一幢高大公寓："那里。"

"燕哥哥，我想住你家。"

"我家就一个房间，住不下。"

"我不嫌挤。"

孔春深无奈，轻轻地拍了拍周染衣的胳膊："乖，你先在这里住几天，之后我给你找合适的长租房子。"

周染衣委屈得眉毛拧成一块儿，在柔软的床上坐下。

"我明天一大早就过来看你，你有什么事情打我电话。"孔春深已经给她买了部智能手机，但鉴于周染衣从来没有见过更没有用过这东西，他将自己的手机号码设为紧急联系人，周染衣只要按个键就能拨通。他像教小孩子一样来来回回教了几遍，周染衣才终于学会。

周染衣极不情愿地点点头："那燕哥哥你早点歇下。"

"嗯，你好好洗个澡睡觉吧。我明早就来接你。"孔春深离开了房间，但心里还是隐隐不安。

回到家时已经不早，孔春深的家是一间两层的小复式，一层楼梯的下方被他改造成一个小书房，他的许多剧本都是在这里完成的；二层便是摆放着大床的卧室，旁边有个卫生间，很方便。

一进门，一只白色的布偶猫便摇着尾巴跑了过来。

孔春深抱起十一，吧唧吧唧地亲了好几口，摸了摸它的毛，好好“宠幸”了它一番之后才去洗漱。

从乌镇回到上海一路舟车劳顿，奔波了一天的孔春深洗过澡便躺下了。十一蜷缩在他的身旁，孔春深一边撸猫，一边心里还记挂着周染衣，几次打开手机看了看，发觉没有她的来电之后才慢慢安心地睡去。

嗡嗡嗡——

孔春深平日里睡觉都会把手机调成静音，但这次考虑到周染衣便改成了振动。被吵醒时，他意识尚未清醒，伸手来回摸索到手机，滑动打开免提：“喂？”还未苏醒的嗓音低沉富有磁性。

“请问是孔春深先生吗？”

“是的。”

“这里是上海大酒店，留了您姓名和电话的房间是一位叫周染衣的女士入住了，她……”

听到周染衣的名字，孔春深立马变得警觉起来，他从床上跳了起来，一边听着电话内容一边打开衣柜找到衣服裤子穿好。

凌晨三点。

赶到上海大酒店的时候，周染衣正坐在酒店的大堂里呜咽着，大堂经理见到孔春深连忙迎了上来。

“这是怎么回事？”孔春深问。

“这位小姐打开了水龙头，但是忘记关上了，所以水从卫生间里漫了出来，整个房间的地毯都被弄湿了，水还渗到了楼下。如果不是楼下的客人投诉，我们都不会发现这件事情。”

“你没事吧？”孔春深摸了摸周染衣，她的全身都湿透了，头发也湿漉漉的，他连忙脱下自己的牛仔外套披在她的身上。

“燕哥哥，我真的是不小心碰到的，水突然就止不住了，我也不知道怎么关上，拿毛巾堵着也没用。”

“傻瓜，你怎么不打电话问我呢？”

“我……我没想到。”周染衣泪眼汪汪。

孔春深一见到周染衣哭就不忍心责备了，稳定好她的情绪之后去跟酒店经理交涉，赔了一些钱。

虽然酒店还有空余的房间，但孔春深再也不放心把周染衣安置在这个对于她来说十分陌生的环境里了。他想了想，回头问道：“要不你先跟我回家吧？”

听到这话的周染衣破涕而笑，被泪水润过的双眸清亮无比，声音软糯如粥：“真的吗，燕哥哥？”

看着喜出望外的周染衣，他不好再否决已经说出口的话，点了点头。

“好可爱的小猫啊。”周染衣一进门便被十一给吸引住了。

“哎，小心，它会咬人的。”孔春深正说着，转眼却见十一已经屈服在周染衣的掌心之下了，开心地发出呼噜呼噜的鼾声。

孔春深曾经把十一带到工作室里，但十一几乎与人人为敌，尤其抗拒吕姬与它的亲密接触，没想到对周染衣，十一却表现出了除他之外前所未有的听话与顺从。

“真是只善变的猫。”孔春深无奈地笑了笑。

“它叫什么名字啊？”周染衣爱不释手地抱起十一。

“十一，我是在10月1日遇见它的。”

“是女孩吗？”

“嗯，高傲任性的小公主。”

十一似乎听懂了孔春深的话，睥睨着双眼朝他不满地“喵”了一声，好像在说：“让你伺候本公主是你的荣幸。”

孔春深无奈地笑了笑，从饮水机接了杯热水递过来：“喝点热水吧，你刚刚一定着凉了，别感冒了。”

“阿嚏——”孔春深话音刚落，周染衣便突然打了个大大的喷嚏，吸了吸鼻子，接过热水小口地啜饮起来。

“要不泡个澡暖和下身子吧？”孔春深建议。

周染衣点点头，喝了点热水之后把杯子摆在一旁，继续逗猫玩。

孔春深走到二楼的卫生间，在浴缸里放好水，洒上一些治风寒的桂枝，并将周染衣要换的睡衣整齐叠放在一边。做完这一切的他盯着正蹲着身子逗猫的女人的背影忽然发起了呆，觉得一切都是那么不可思议。

他已经单身那么久了，突然带一个女人回家，两人之间没有尴尬，也没有嗅到任何的危险，而是顺其自然，老夫老妻的相处模式，仿佛他跟周染衣早就认识。

周染衣伸手试了试水温，笑了笑："以前我都是用木桶泡澡，陶瓷的还是第一次见。"

"你别泡太久了，差不多就行了。"孔春深退出卫生间，把十一也带了出来，关上卫生间的门。

他从衣柜里拿了套新的床单被罩和枕头套换好，将原先的扔进洗衣机里，然后抱了条毯子到楼下的沙发。沙发是折叠式的，打开能变成一张床，只不过他一米八六的大高个无法完全躺下。

孔春深抱着十一坐在沙发上，拿了本戏剧的书籍看着，看得昏昏欲睡，意识也越来越模糊，终于沉沉地睡去。

凌晨五点他被十一的猫爪子挠醒，睁开眼睛看了眼手机上的时间，又抬眼看向二楼的卫生间，里面还亮着灯，门是关着的。

他突然意识到什么，从沙发上跳了下来，一步三个台阶地两下走到二楼，敲了敲卫生间的门："染衣，你洗好了吗？"

未闻动静。

又敲了几遍，仍旧无人应答，他心里"咯噔"了一下，直接撞开门进去。

浴缸里的周染衣正用双手枕着脑袋呼呼睡去，她是跪坐着的，只露着整个背的春光。

孔春深松了口气，轻轻地推了推周染衣，叫了几声她的名字。

周染衣迷迷糊糊地睁开眼睛，揉了揉眼睛，睡眼蒙眬的：“怎么了，燕哥哥？”

“你泡澡泡着泡着睡着了，快起来吧，不能在这里睡。”孔春深把头偏向一边，站直了身子，转身往卫生间门外走去。

周染衣下意识地低头，看见自己还光着身子，尖叫了一声。

孔春深撇过脸慢慢退了出去，摆了摆手：“我……我什么也没看见啊。”

周染衣叫得更大声了。

孔春深立马一个大步跨出卫生间，合上门，惊魂未定地站在门口大口大口喘着气，脑海里浮现的全是周染衣美好的裸体。

他以前见过不少裸体，周染衣的身材确实算得上女人中的极品了，果然是当演员的好料子。

想什么呢？他又拍了拍自己的脸，然而脸已经涨得通红，耳根子也跟着红了，比今天吃的小龙虾还要红。

他蹑手蹑脚地走下楼，躺到沙发上，两眼一闭立马装睡。

十一跑了过来，硕大的屁股在他的脸上来回蹭了蹭。

孔春深一把推开十一，用毛毯蒙住自己的脸。

但十一大概是成精了，钻进毛毯里，继续用屁股对着他的脸。

无奈，他翻了个身。

十分钟之后，穿好睡衣的周染衣从卫生间里畏畏缩缩地走了出来。

孔春深已经固定好一个姿势了，听见周染衣的动静也不予理睬，一动不动的，反倒是十一不安分地“喵”了几声。

“燕哥哥……”周染衣站在二楼的栏杆前，唤了声。

孔春深无动于衷，没有应答。

十一又“喵”了声。

周染衣的眼睛直勾勾地盯着沙发上背对着她看不清脸的高大男人，深吸了口气，鼓足勇气说道：“都被你给看光了，你这样是要娶我的。”

你这样是要娶我的。

周染衣的话语很轻，像一座遥远的城，话语如阳光般映在河水、池塘和溪流，照耀成永恒，像唐时花宋时月，穿越千年，镌刻成了不灭的传说。

孔春深心跳漏了一拍。

十一又“喵喵喵”地接连叫了好几声。

·第二章·

世间所有的美丽，都不及他第一次遇见她

Chunshen jiumeng

晨光熹微，魔都的清晨被一层薄薄的雾气笼罩着。

十一在每天早晨的六点如公鸡报时般准点爬上孔春深的脸开始“喵喵喵”，孔春深从毛毯里伸出一只大手将十一的大屁股拨开，慢慢坐了起来。全身腰酸背痛，他抬眼去看二楼，寂静无声。

周染衣应该还没醒。

他对着十一做了个“嘘”的动作，十一摇了摇尾巴，往二楼跑去。

拦不住它，孔春深只好作罢。

他蹑手蹑脚地从客厅走到洗手间，因为怕吵醒周染衣，动作也变得小心翼翼。

洗漱完毕，他又从冰箱里拿出牛奶，放上燕麦片一勺一勺地吃起来。

“燕哥哥。”周染衣抱着十一从二楼走下来，十一见到孔春深给它备好的罐头，欢快地从周染衣的怀里跳下，朝罐头飞奔而去。

“怎么不再多睡一会儿？”孔春深皱了皱眉头。

“染衣睡不着……”周染衣换上了昨天买的新衣裳，她在腰间照他说的方法系了根带子。孔春深觉得有些眼熟，盯着看了半天才看出那是自己放在床头的领带！

“燕哥哥，我好看吗？”周染衣歪着头笑着问道，酒窝浅浅，眉眼弯弯。

“好、好看。”

“你没有发现我有什么不一样吗？”周染衣仍旧明媚地笑着，如窗外照进来的阳光一般明媚，倾城。

孔春深看了半天：“换了新衣服？学会系腰带了？”

“还有呢？”

“嗯？”孔春深看不出个所以然了，继续喝着牛奶。

“我穿了燕哥哥给我买的内衣了。”周染衣一脸无邪与天真。

“扑哧”一声，正喝着牛奶的孔春深差点一口喷了出来，他拿起桌上的纸巾捂着嘴，咳了咳，脸憋得通红，像飞上了一抹火烧云：“这、这种事情你不用告诉我。”

周染衣并没有意识到任何不妥，她伸手摸了摸后背：“就是穿着有些不大舒服，硌得慌。”

“你、你转过身来我看看。”

周染衣乖乖地转过身，她裙子的后背鼓起了一个大包。

孔春深看了一眼，然后把头偏向一边，又咳了几声：“你的内衣带子没扣好。”

“啊？”周染衣伸手绕到后背去，来回摸索了半天也没弄好，“燕哥哥，你能不能帮帮我？”

“这……”孔春深有些犹豫。

“你教教染衣嘛。”周染衣可怜巴巴地恳求道。

招架不住周染衣的温柔与撒娇，孔春深顿了顿，站起身来走到她的身后。他把脸转向一边，慢慢地拉下她裙子后背的拉链，然后把内衣的扣子解开，将带子调整好：“扣最边上那排可以吗？”

“嗯。”周染衣一动不动的，像个乖巧的木头人。

孔春深把内衣扣子扣好，拉上拉链，整个动作一气呵成。

“燕哥哥？”周染衣慢慢转过身来。

“嗯？”

“你是不是很有经验啊？”周染衣眨巴着眼睛看着他。

“什么意思？”

周染衣语气温柔：“替女生系内衣扣子。”

听到这番话的孔春深咳得更厉害了，极力辩解：“没、没有的事。”

“以后燕哥哥只能为染衣一个人扣内衣带子。”周染衣的声音十分温柔。

“呃……”孔春深尴尬得连忙转移话题，“你肚子饿了吧？早餐想吃什么？”

“燕哥哥吃什么我就吃什么。”

孔春深点点头，倒了碗牛奶放进微波炉里加热：“女生喝牛奶还是喝热的比较好。”

“这是什么东西？”周染衣奇怪地打量着微波炉。

“这叫微波炉，可以加热东西，按下这个按钮，然后把火力和时间调至适宜的就可以了。”孔春深演示操作了一遍，从微波炉里拿出热腾腾的牛奶。

周染衣听得似懂非懂，一勺一勺地舀着燕麦牛奶吃了起来：“真好吃。”

她说着，幸福的笑容已经爬上了眼角眉梢，好似一个容易满足的小孩。

孔春深看到这样的她不由得心里又一阵悸动，他咽了咽口水，喉咙有些发痒，便起身在客厅的桌子上拿了中华烟到阳台上去了。他关上阳台的门，抽了两根，然后摁灭在花盆的土壤里，将烟头扔进垃圾桶里。

回来时身上带了股烟味，周染衣皱了皱眉头，她突然仰起头，用手捂住鼻子，打了个大大的喷嚏。

“感冒了吗？”孔春深以为她是昨天在酒店弄湿身子着凉了。

周染衣摇摇头，拿起餐桌上的纸巾擦了擦鼻子：“燕哥哥，染衣对烟味过敏，阿爸以前也抽烟，但自从我出生后就慢慢戒掉了。”

他觉得有些抱歉：“以后我会多注意的。”

“慢慢来，染衣陪你戒烟。”周染衣笑了笑，鼻子被擦得红红的，甚是可爱。

孔春深工作室位于静安区，原先是个废弃的仓库，他将这里租下来改造成了一个小型的话剧馆，但并不对外开放，仅仅作为排练场地使用。

虽说是工作室，但成员总共就三人，除了他以外，还有他的工作助理容漾漾，以及跑龙套多年一得空就跑过来帮忙的热心肠小弟卢云，在《染娘》的舞台剧里也定了一个重要的配角角色。

其余的工作人员和演员基本是外援或者兼职，毕竟没有人愿意在一个五年才制作一部舞台剧的制作人手底下帮工，更何况这部憋了五年的舞台剧还不一定能成。

孔春深领着周染衣走进工作室里，她探着头左右张望，对周遭的一切好奇不已："这是个舞台吗？好大啊。"

大家早已听闻深爷找到了心目中的染娘人选，看到周染衣的出现也猜到了几分。

孔春深向大家正式介绍道："她叫周染衣，是我找来的演员，想让她试一试染娘这个角色。"

"演过戏吗？"吕姬上下打量着周染衣。面对吕姬的灼灼目光，周染衣有些不寒而栗，向后退了一步，缩在孔春深的身后。

"是个新人，但我相信加以调教，她一定能够胜任染娘这个角色的。"孔春深淡淡回应道。

"欢迎加入我们的大家庭。"容漾漾带头鼓掌，她跟在孔春深身边当助理这么多年，相信深爷的眼光断然是不会错的。深爷曾经名声大噪的舞台剧《小丑先生与鬼姑娘》的女主角鬼姑娘便是个行外新人，最后也被他一手捧成了当红花旦。

其余人附和着鼓起掌来。

“也不是每个新人都能被调教好的。”吕姬对周染衣充满了敌意。她在这个圈子里摸爬滚打多年，什么样的苦都吃过，她平生最恨的便是那些不劳而获靠脸蛋上位的戏子，演起戏来跟木偶一样没有灵魂，仅仅是靠漂亮的皮囊过过场。

吕姬将几页剧本丢到周染衣的面前：“剧本看过了吗？总得走下试戏流程吧？可能你在深爷面前试过戏了，但我们还没看过你的演技，得让大家信服才行啊。”

周染衣一脸茫然。

孔春深有些不满地压低了嗓音：“吕姬，染衣还没看过剧本，你得给她点时间多加适应。”

“可是时间不等人啊，我可不希望我的宝贵时间浪费在跟一个屁都不懂的女主角对戏上。”吕姬清了清嗓子，“我不过是想要了解一下合作的女演员的实力，毕竟她才是女主角，总不能比我这个女二号的演技还差吧？”

话里带刺，所有人闻言都深吸了一口气。但吕姬的话也不无道理，虽然她有时候语气是刻薄了些，但是她在戏剧圈里的影响力和实力允许她这么说。

孔春深想了想，对周染衣讲起戏来：“这是个以大染坊为背景的舞台剧，主角是位生于民国初年的染坊大小姐，在乱世纷争与历史变迁中，经历了爱恨情仇与悲欢离合，从一个不谙世事的大家闺秀逐渐成长为干练精明的染娘，负起了大染坊的发展重任，谱写了一生的辉煌与传奇……”

周染衣听得入迷：“哇，燕哥哥，你好有才啊，染衣很喜欢这个故事。”

吕姬不屑地笑了一声，在她眼里周染衣就是个十足做作的无知少女，这样的傻白甜她见多了。

周染衣拿起剧本看了看：“这里面有些故事，跟染衣经历过的好像啊。”

“哦？比如哪一段？”孔春深问道。

站在一旁的容漾漾和卢云看得眼睛都直了，素日里深爷总是不苟言笑心事重重的模样，从未见他待谁这么温柔过，除了他的猫——十一。

周染衣指了指剧本中的一个片段：“染衣平时也喜欢在染布下面自顾自地跟自己的影子玩捉迷藏，有时候直接钻进大染缸里，那时候阿妈阿姐总说我像个傻孩子。”

这个片段是剧本的开篇，将染娘一开始天真无邪与少不更事的深闺少女形象淋漓尽致地描绘出来。

“那你就试试这段戏吧。”孔春深立马让容漾漾和卢云在舞台上铺好大染坊的背景和道具。

“啪”的一声，舞台的灯光倏地亮起，“咯咯咯”清脆的笑声在场馆里回荡。

无数的蓝印花染布纷纷扬起又飘落，穿着一袭素色民国装的周染衣出现在聚光灯下，她在蓝印花染布里来回穿梭，偶尔犹抱琵琶半遮面地躲藏起来，偶尔探着头没心没肺地笑着。

她的笑容好似人间的三月，笑声点亮了四面风，轻灵地在春的光艳中交舞着。

坐在舞台下方的孔春深看得入戏，他梦里、笔下、戏中那个魂牵梦萦的染娘似乎真的活灵活现地出现在他的眼前，撩拨着他的心。

星眸如月，眉眼如星。

世间所有的美丽，都不及他第一次遇见她。

周染衣，仿佛就是真的染娘。

其余的工作人员也看得如痴如醉，这个周染衣今早还是素面朝天没化妆来的，在强烈的聚光灯照耀下，一颦一笑竟也能如此扣人心扉。哪怕她没有演技，但只要看着这张美丽无瑕的脸庞，都会好生欢喜起来。

待周染衣表演完，她慢慢地走到孔春深的面前，小心翼翼地问：“燕哥哥，可以吗？”

见孔春深沉默着一动也不动，周染衣眼里晶莹的泪花开始打转：“燕哥哥，我是不是搞砸了？”

孔春深回过神来，顿了顿：“没有，你表现得很好。”

“怎么样？大家觉得可以吧？”孔春深又转过头去看大家的反应。

大家先是一愣，然后纷纷鼓起掌来。

周染衣笑了起来，眼波流转，眉间似有暮霭烟霞氤氲，落英缤纷般鲜美绝艳。

吕姬仍有些不大甘心："白莲花的戏份自然好演，但染娘这个角色是有层次感的，她在每个阶段的人物状态都不同，不是随便笑一笑和哭一哭就可以糊弄过去的。"

"我会慢慢教她的。"孔春深郑重其事道。

吕姬表情不悦地走开。

"我会努力的，燕哥哥，你写的这个戏很棒，染衣一定会演好的。"周染衣笑道。

孔春深点点头。

站在一旁的容漾漾有些奇怪："你为什么管深爷叫燕哥哥？"

"因为他就是我的燕哥哥呀。"周染衣又笑了起来。

孔春深竟也不辩驳，仿佛听见世界上最缱绻动听的情话，一张平日里不动声色的脸庞都变得温柔起来。

"燕哥哥，你为什么会写《染娘》这个故事呢？"周染衣认真地研读着剧本，突然抬起头歪了歪，问孔春深，眼睛亮亮的。

"她是我梦里的一个人物。"孔春深思索了一会儿，思绪飘到远方。

"有一天晚上，我做梦去了一个大染坊，有个跟你很相像的女子含情脉脉地看着我，问我不认识她了吗？我摇摇头，她轻轻挥了挥手，我的眼前突然出现了幻觉，看到了我跟她在乱世之中的相遇相识相爱到分开再到破镜重圆，一切的一切，都十分真实，好似那就是我曾经历过的。

“那天晚上睡觉前，我其实恰巧听了一个关于寻找前世之旅的广播节目，我想人可能都有前世吧，也许她就是我前世遇到的人，托梦来告诉我。所以我希望用我所擅长的舞台剧，去记住这场美梦。”孔春深笑了笑，“人的执念有时候就是这么莫名其妙。”

“而且在写这个戏之前，我搜集过很多材料，历史上确实有位女性跟我梦里的女子差不多，也被后人称为‘染娘’。”孔春深说完，看向周染衣，却见她一张好看的小脸皱成一团，气鼓鼓的，他奇怪道，“怎么了？”

周染衣鼓着腮帮子，满脸的不高兴：“我吃醋了。”

“这有什么好吃醋的？她不过是梦里的一个人物。”艺术家或许天生多情吧，哪怕是虚无缥缈之物也会热烈地爱上。

“那我若是演好了这个角色，燕哥哥喜欢的究竟是我，还是染娘？”周染衣较真起来。

孔春深无奈地笑了笑，拍拍她的脑袋：“别胡思乱想了，好好演戏吧。”

“那这个舞台剧的男主角是你吗？”周染衣又问道。

孔春深点点头：“是我，自导自演。”

“那太好了。”周染衣甜甜地笑了起来。

一看到周染衣的笑容心便化了开来，孔春深的嘴角也不自觉地扬起一抹微笑。

“深爷好像真的很喜欢这个新来的女演员啊，刚刚我还看见他们在化妆间里有说有笑的。”卢云一边搬着道具，一边和容漾漾八卦起来。

“说起来深爷也真的单身很久了，自从五年前……”容漾漾正说着，突然被吕姬的声音打断：“工作时间别瞎聊。”

吕姬看向容漾漾，表情严肃：“别人八卦也就算了，你作为深爷的助理也那么八婆怎么行？你别忘了从助理口里说出来的话对深爷的影响是很大的，要是这话传了出去，深爷不是又得处理一堆乱七八糟的绯闻？”

“我知道了。”容漾漾悻悻地闭了嘴。

吕姬瞥了她一眼，趾高气扬地走开了。

“难怪深爷看不上她，老是摆臭架子。”待吕姬走远，容漾漾小声埋怨道。

“其实姬姐也挺可怜的，爱慕了深爷那么多年，为深爷拒绝了多少富家子弟的追求，如今深爷身边有了新欢，想必她心里也不好过。”卢云叹了口气。

“那也是活该。”容漾漾嘟囔道。

午饭时间容漾漾订了外卖，大家围坐在一起吃着。

周染衣见其他人“啪嗒”一声将一次性筷子掰成两根，觉得有趣极了。她从来没有使用过这玩意，也模仿着掰开筷子。

“啊！”周染衣叫了一声，她拿到的那双一次性筷子质量不大好，在她掰开时一根细小的刺戳进了她的指尖。

坐在周染衣身旁的孔春深连忙把她的手拿过来，看了看，问容漾漾：“有针吗？”

容漾漾起身，从化妆间里拿来平时用来缝补戏服的绣花针。

“会有点疼，你忍忍。”孔春深轻声说道，小心翼翼地用针慢慢地将刺从肉里取出来，专注而认真。

周染衣看着他，酒窝浅浅，笑意深深。

孔春深完全忘了周遭还有这么多双眼睛盯着，他大功告成地挑完刺后还顺势吹了口气，然后看到周围一张张目瞪口呆的脸，忙讪讪地打了个圆场：“女演员若是在工作时间受了伤，制片人是要担责任的。”

“哦。”大家心照不宣地点点头。

“燕哥哥，你不只是在工作时间要对我担责，你可是要一辈子对我负责的，毕竟染衣的身体……”周染衣认真地说道，孔春深猜到她要说什么连忙捂住她的嘴，凑在她耳边小声道：“咱们的私事回家再说。”

周染衣眨巴着眼睛表示知道了。

孔春深这才放开手，深吸了一口气，对呆若木鸡的众人笑了笑，掩饰心虚：“大家吃饭吧，不要在意这些细节。”他埋头吃起饭来。

众人再次心照不宣地点点头，端起各自的饭盒吃了起来，吕姬则不爽地站了起来，离开饭桌。

“姬姐，你才吃了一点。”卢云喊道。

“饱了。”吕姬声音冷漠，头也不回地走开。

周染衣则完全不知道发生了什么事情的模样，津津有味地吃着饭：

“燕哥哥，上海的饭真好吃，这个肉片分给你。”说着，她很自然地夹了片肉放到孔春深的饭盒里。

孔春深顿了顿。

众人识趣地快速吃完饭，然后散开去忙各自的事情，把空间单独留给那两人。

周染衣吃完自己的那份，又眼巴巴地看着孔春深碗里的，仿佛有些后悔刚刚分了片肉出去。

“没吃饱？”孔春深问道。

周染衣小鸡啄米般地点点头。

孔春深被她这模样逗笑了，把自己的饭菜全部拨到周染衣的碗里：“下次我让漾漾多订一份。”

周染衣摇摇头，竖起两根手指：“不行，得要两份。”

她可爱的吃货模样让孔春深忍俊不禁。

周染衣的记忆力很好，一个下午的时间便对整本剧本烂熟于心，能顺畅地跟孔春深理清染娘的命运轨迹和身世浮沉。她看到末尾时直掉眼泪：“染娘的一生实在是太伟大了，染衣惭愧，根本配不上染娘这个角色。”

“用心去演就可以。”孔春深鼓励道。

周染衣点点头：“真希望姐姐能看到我的表演，这样就能找到姐姐了。”

孔春深笑了笑，没说什么话。

在工作室忙完一天后，孔春深特意带周染衣去吃自助餐。周染衣望着眼前摆放着的一排排大鱼大肉和瓜果蔬菜惊讶得合不拢嘴："这些真的可以随便拿吗？"

"嗯，这是自助餐，你随便吃，吃多少都可以。"孔春深从前压根不觉得这些事情新鲜，但遇见周染衣之后，每一件很平凡普通的事情也会沾染上幸福。

带她来吃自助餐是绝对回本的，两人吃的是自助火锅加烤肉，孔春深负责涮肉烤肉，周染衣则吃得不亦乐乎，她大口大口地往嘴里塞食物，吃得津津有味，让人看得赏心悦目。

"人生在世，就得胡吃海喝。"周染衣鼓着塞满食物的腮帮子说道。

"你是吃不胖吗？"孔春深对周染衣的体质感到奇怪，像他这样自律地管理自己身材的人，已经好几年没碰过油腥煎炸的食物了，吃肉只吃鸡胸肉，才能保持如今的完美身材，八块腹肌，皮肤紧致。

"我从小就很瘦，阿爸阿妈老是喂我东西，但就是吃不胖。"周染衣笑了笑，"可能我就是为了消灭食物而生的吧。"

第一次听到这么可爱的自我评价，他感到好笑，嘴角微微上扬。

周染衣夹了一块牛肉，递到孔春深的嘴边："燕哥哥，吃肉。"

她轻声细语的模样好像在哄小孩子。

孔春深愣了愣。

周染衣的笑容绽得越来越大了，如盛开在春天的山茶花。

孔春深张开嘴，她便把肉塞了进去。

他嚼了几下，明明只是一块普通的牛肉，却颇有嚼劲，回味无穷。

“好吃吧？”

“嗯。”孔春深的脸飞上了一抹火烧云。

“燕哥哥要多吃点肉，长结实点，才能保护染衣。”

“我还不够结实吗？”孔春深哭笑不得，自己可是能举起两百斤杠铃的人啊。

周染衣摇摇头：“今早我看见你换衣服了，肚子上一块一块的，像排骨似的。”

“那是腹肌。”而且还是标准完美的八块。

哎，不过话说回来，周染衣看到自己换衣服了？

想到这里，孔春深的脸红得更厉害了：“那……你也看到我换裤子了？”

“对啊。”周染衣一脸天真无辜，“燕哥哥的大腿倒是挺结实的。”

孔春深的脸又红了一层，红到了耳根子，他今早是在客厅里换的衣服，以为周染衣还在睡觉，便没在意，没想到完全被看光了。

“你怎么能随便看异性换衣服……”孔春深尴尬不已。

“我的身子都被燕哥哥给看光了，当然要看回来，不然染衣就亏了。”周染衣回得理直气壮，继续大口吃着肉。

孔春深一时间竟无言以对。

周染衣算是把自助餐不止吃得回本，还让老板亏本了。一摞摞盛肉的空盘子堆积得越来越多，服务员过来收拾的时候不可置信地盯着她，大概是因为她生得好看的缘故，即便亏本了，也只能无奈地觉得是运气不好碰上了个可爱的大胃王。

孔春深这两天跟周染衣相处下来，知道她能吃，但没想到她那么能吃，关键是还吃不胖。他扶额笑了笑，觉得好笑又无奈。

“你女朋友真能吃。”老板给孔春深退还押金，原以为周染衣一次性拿了那么多盘大鱼大肉是出于贪心，没想到她吃完一摞又一摞，而且一点儿也不剩。老板甚至好几次怀疑人生地跑过去偷看，以为肉是不是被周染衣偷偷塞包里了。

孔春深不好意思地笑了笑：“给您添麻烦了。”

“哎对了，过几天电视台来给我们店拍宣传片，你女朋友漂亮又能吃，肯定很上镜，可以让她来串戏吗？有报酬。”老板说道。

他摇了摇头：“不了，谢谢。”

他希望周染衣的第一次惊艳亮相是在他的作品里，在舞台剧《染娘》里。

“好吧。”老板失望地点点头。

“燕哥哥，看来大家都觉得我是你女朋友啊！”走出餐厅，周染衣摸着吃得圆鼓鼓的肚子说道。

孔春深“嗯”了一声，只觉得那抹火烧云又开始烧起来了。

周染衣笑了笑，朝他挤了一下眼睛，转过身摇摇摆摆着向前走去，看起来心情大好。

孔春深跟在周染衣身后，无意间瞥见她裙子上的一抹红，在白色的棉麻裙上尤其明显，他突然意识到了什么，忙脱下自己的卡其色风衣，大步向前，将风衣系在周染衣的腰间。

周染衣奇怪地低下头，停下脚步："怎么了？燕哥哥。"声音软软的。

"你月事来了。"

"啊！"周染衣惊讶地捂着嘴，而后羞得面红耳赤。

不用问也知道周染衣身上一定没有卫生巾，这个商场的负一层有家大型超市，孔春深拉起她的手："走吧，我带你去买卫生巾。"

孔春深往前走了几步，感觉身后的人儿脚步放慢了，他奇怪地回头看了眼，见周染衣正低着头不知道在窃喜什么。

"怎么了？"孔春深问。

"燕哥哥牵了染衣的手。"周染衣嘻嘻笑道。

反应过来的孔春深正要松开，却被她十指紧紧地交扣，周染衣仰起脸庞灿烂地笑着，眼神清澈如湖水。

孔春深心里仿佛被什么轻轻地捏了下，酸酸软软的，他转过身去，掩饰尴尬地轻咳了几声。

"燕哥哥一旦牵了染衣的手，就不能放开哦。"周染衣语气绵软。

孔春深只觉得身后有片繁花似锦，暗香浮动，春天般美丽，他的嘴角不自觉地扬起一抹笑容。

明明两个人认识的时间不长，却仿佛已经相恋多年，曾细水长流煮红豆，亦鲜衣怒马走四方。

他曾自诩是个孤独的看客，只等韶华将青丝剥离成白发苍苍，漫长的冬天望不见春天，云茫水茫扑簌不止地流泪凝结成雪花，可唯独遇见了她之后，花草向天蔓延，万物死而复苏，那是他第一次见到人世间的美丽。

一排排的卫生巾整齐地堆放在超市的货架上，周染衣看得眼花缭乱："哇，上海的月经布款式真多呀！"

她拿起几包，歪着小脑袋认真研究："还分日用和夜用？护垫又是什么东西？"因为上面的字都是简体字，习惯繁体字的她认得有些吃力，只能眯着眼睛，把每一个字都看清楚。

孔春深在一旁指点，见周染衣是真的不懂，耐心地给她讲解起来："刚来那几天月经量大的时候用卫生巾，后面量少了用护垫；卫生巾最好2到4个小时更换一次；夜用的一般比日用的更厚更长，因为晚上睡觉时会来回翻身怕侧漏了……"孔春深正说着，无意间瞥见旁边几个正在采购的女孩看着他偷笑，脸不自觉地更红了。

其实这一切都是曾经那个女人教会他的，可惜她早已不在了。

她曾说过孔春深是这世间最薄情寡义的男人，偏偏身上沾染的艺术气息会让女人执迷不悟地爱着，哪怕飞蛾扑火也在所不惜。最终她便成了那只葬身火海的飞蛾，在这场感情里输得一无所有。

孔春深也曾想着薄情寡义的自己会永远茕茕孑立形影相吊，可是周染衣的出现却让他发现了自己最温柔的那一面，原来他并不是寒冰啊。

“燕哥哥？燕哥哥……”周染衣温柔的呼唤声把孔春深飘远的思绪拉了回来。

“你给染衣选吧，染衣好笨哦，不知道该怎么挑。”周染衣手足无措道。

孔春深点点头，日用、夜用、护垫各拿了一包，但又觉得不够，便每样都拿了五包，放进购物车里。

“燕哥哥，染衣也想坐上去。”周染衣伸手指了指一个坐在购物车的小孩。

“可你不是孩子啊。”

“但染衣很轻的。”周染衣目不转睛地看着那个小孩，胖胖的，看上去也有六七十斤的样子。

孔春深不忍心浇灭周染衣的期许，妥协道：“那好吧。”

“那燕哥哥抱我上去。”周染衣高举双手，她168的个子在186的孔春深眼里看来完全是个小孩。

孔春深无奈地笑了笑，见周染衣还是不依不饶地求抱抱，最后只好在看了一圈周遭没有异样的目光之后，双手搂住她的腰，不费吹灰之力将她放进了购物车里，一气呵成。

真的很轻。

孔春深疑惑她刚刚吃的那些荤菜都跑哪儿去了。

周染衣坐在购物车里，抬起一只手指向前方：“出发吧，燕哥哥。”

孔春深笑了笑，推着周染衣往前，她“咯咯”地笑着。

路过零食区时，周染衣瞪得眼睛都圆了："燕哥哥，这些看起来好好吃啊。"

孔春深本着完全满足周染衣的心态，对她有求必应："想吃什么尽管拿。"

"哇！"周染衣拿起货架上一包又一包的零食塞进购物车里，遭来被妈妈以吃零食对身体不好的理由拉走的小孩一顿嫉妒与羡慕，大声呼喊："我也想要那样一个爸爸！"

"燕哥哥，你试试这双鞋子好不好？"周染衣把一双蓝色的棉拖鞋递给孔春深。

"我已经有拖鞋了，不用买。"

"可是我想跟燕哥哥穿情侣的。"她又拿起一双粉色的同款棉拖鞋。

"我穿 46 码。"孔春深妥协道。

周染衣认真地挑了一双 46 码的男士棉拖，同时将情侣款的粉色棉拖一同放进购物车里。

孔春深觉得，跟周染衣在一起的时候，他总能做回真实的自己。

不是那个被外界众星捧月的天之骄子，不是那个在工作中需要用一丝不苟板着脸的态度去震慑他人的舞台剧制作人。

他便是他，一个脱下了所有光环与声誉，平凡普通的孔春深。

周染衣的燕哥哥。

孔春深怕周染衣不知道如何使用卫生巾，特意在手机上搜了相关的视频，躲在商场里一个不太起眼的角落放给她看。

周染衣看得似懂非懂：“哇，原来还可以粘住，真高级啊。”

看着她大惊小怪的模样，孔春深心里激起一阵悸动。

周染衣拿着卫生巾大摇大摆地往卫生间里走去，一路上惹来男男女女的奇怪注视。孔春深无奈地摇了摇头，想递给她一个纸袋子，但她已经溜进卫生间里了。

大概等了半个小时之久她还没有出来，孔春深心想着她该不会掉进厕所里了吧？

正当他踌躇着要不要让清洁阿姨帮忙看一眼时，周染衣扭扭捏捏地走了出来。

“怎么了？”

“疼。”周染衣支支吾吾道。

“肚子疼吗？”女人来例假小腹会疼痛这点常识孔春深还是知道的。

周染衣摇摇头：“那个粘胶粘住我了。”

“啊？”孔春深顿了顿，半天才反应过来，“你是不是用反了？”

“不是粘在大腿上别让它掉下来吗？可这样无法走路哎。”周染衣一脸懵懂地问。

孔春深扶额哭笑不得，想了想：“我们回家再说吧。”

他从未想过自己有生之年还要教一个女人如何正确使用姨妈巾，孔春深拿了一条内裤亲手示范，周染衣和十一乖乖地坐在沙发上听着，像两个乖学生。

“这个粘胶撕开之后是粘在内裤上的，这样才能固定住，还有……”

“懂了吗？”演示完毕的孔春深问道。

周染衣点点头，拿着卫生巾在卫生间里磨蹭了半天，最后从卫生间里传来胜利的号角：“燕哥哥，我成功了！”

孔春深长长地舒了口气。

将衣服洗干净晾在阳台上，看着多出来的女性内衣内裤，他还有些不适应，把头偏向一边，总觉得再多看两眼就要长针眼了。

“燕哥哥，这是什么东西？”周染衣的声音从阳台传来。

孔春深走了过去，见她像个好奇宝宝目不转睛地盯着摆放在阳台一个角落的洗衣机，耐心解释道：“这是洗衣机，用来洗衣服的，但我平时的衣服都是手洗，只有洗一些被子的时候才用。”

“那你可以教染衣怎么用吗？”

孔春深点点头，感觉自己成了生活科普家，教完卫生巾的用法教洗衣机的。

“不过，你要洗什么跟我说一声，洗衣机还是很危险的。”末了，他又补上这句话。

周染衣笑了笑：“燕哥哥懂的真多，阿妈曾跟我说过留洋归来的人见多识广，果然如此。”

孔春深顿了顿，问道：“如果，我是说如果，如果我压根不是你的燕哥哥，你会怎么办？”

“怎么会呢？染衣的燕哥哥只有一个。”周染衣跑到楼梯下方的书房，从桌子上拿起一个相框，里面镶嵌着那张孔春深从便利店里拿来的美人照片，“你都收到我的照片了，你一定就是燕哥哥。”

孔春深的心不知为何凉了半截，他有些害怕让周染衣失望。尽管她一口一个“燕哥哥”地叫着，打心底里认定他就是燕哥哥，可事实上他无论如何也回想不起来在以往岁月中的哪个时刻见过周染衣。

他怕自己根本不是她要找的燕哥哥。

十三岁那年孔春深出了场意外，等他从医院苏醒过来，十三岁之前的记忆便荡然无存了。他甚至忘了如何说话、走路以及吃饭，一切都得从头开始，好在他的学习能力很强，不到一年就恢复了。

很多人认为十三岁之前的记忆是无关紧要的。

可是只有孔春深知道，缺了这些记忆，他的人生就好像与同龄人断裂了十三年。

孔春深缓过神来，见周染衣正穿着今天刚买的粉色棉拖“啪嗒啪嗒”走过来，将蓝色棉拖放到自己的脚前：“燕哥哥，你也穿上嘛。”

孔春深怔了怔，换上那双蓝色棉拖。

“嘻嘻嘻。”周染衣笑得合不拢嘴。

他看着周染衣孩子般纯净的笑容，真想永远守护着她这份难能可贵的纯真。

他也愿她从此无忧，永远不知水深火热，安于康乐人生。

“燕哥哥，你什么时候跟染衣结婚？”周染衣突然问道。

孔春深愣了愣，一时间哑口无言。

周染衣一屁股坐在沙发上，摸了摸硬邦邦的沙发：“你在这里睡觉不会不舒服吗？这张沙发那么小。你要是跟染衣结婚了，我们就能睡一张床了。”她指向二楼的大床。

明明是自己的床，却被周染衣说成要结婚才允许睡。

孔春深哭笑不得，有时候他都分不清周染衣究竟是傻得可爱，还是个腹黑狡猾的小狐狸？

“但是结婚的话，我想等找到姐姐再说，让姐姐来见证我们的婚礼。”周染衣歪着小脑袋若有所思。

“虽然我知道燕哥哥一定想快点娶我入门，但我们再忍忍好不好？”周染衣站了起来，一本正经地盯着孔春深的眼睛说道。

孔春深被她这认真的模样给看愣了，不知道该回应什么，只好点点头。

周染衣害羞腼腆地捂着脸，往二楼跑去了。

孔春深给十一清理完猫砂盆和猫窝，收到容漾漾发来的微信：深爷，你让我找的单身公寓已经找到了，离咱们工作室走路就十分钟的距离。

这条微信之后跟着一堆单身公寓的实拍图，装潢精致，随时可以拎包入住。

原本这个单身公寓是孔春深替周染衣找的。

孔春深抬眼望了一眼静悄悄的二楼，想了想，给容漾漾回复微信：暂时不用了。

他放下手机，拿起桌子上的烟，看了二楼一眼有些犹豫，但还是控制不住烟瘾地走到阳台上点燃了烟，慢悠悠地抽了起来。

从阳台望去是外滩和东方明珠塔的夜景，整个城市灯火通明，八街九陌，让人迷了眼。

孔春深无聊的时候就喜欢这样抽着烟看着夜景，烟草的香气会让他暂且忘了那些纷纷扰扰的思绪，平静下来。

抽完烟他又在阳台上多待了一会儿，等烟味渐渐随晚风散去，才回到客厅里。他在卫生间洗漱过后准备睡下，拿起毯子盖在身上，意外地发现十一竟然没有跑过来把屁股睡在他的脸上。

孔春深奇怪地朝四周看了看，寻找十一。

“喵……”这时候从二楼传来一声猫叫。

原来是入美人的香怀中了，这只色猫。

孔春深无奈地抿了抿嘴。

“啊！燕哥哥救我！”

半夜的时候，孔春深被周染衣的尖叫声吵醒，他慌张得连鞋都没来得及穿就匆匆忙忙地跑上二楼，见周染衣正裹在被子里瑟瑟发抖，双眼紧闭，脸因为惶恐不安皱成一团，额头渗出了密集的汗珠。

“染衣，染衣。”孔春深开了床前的台灯，蹲下身子，轻轻地拍了拍周染衣的手臂。

可是她仍旧没有醒过来，嘴上叫嚷着“燕哥哥”，身子颤抖得更厉害了。

孔春深只好一声又一声地呼唤她的名字，不停地摇着她。

周染衣终于慢慢地睁开眼睛，见到孔春深的脸“哇”一声大哭出来，伸出双手环抱住他的脖子，将脸埋进他的胸膛里：“燕哥哥，染衣好害怕……”

“是不是做噩梦了？”孔春深温柔地问着，摸了摸她的背让她平静下来。

“我梦见舅舅舅妈将我推下了悬崖，那悬崖有万丈深，我一直往下坠落，越来越快，好像天地间都在旋转，太让人害怕了。”周染衣说起梦境时全身还在不断地发抖，“幸好燕哥哥叫醒了我，不然我就坠到谷底了，那谷底都是吃人的妖怪。”

“没事了，没事了，有我在呢。”孔春深深吸了口气，以前常听老人言，若是在梦里跌落高处，在落地之前没有醒来，那便永远都醒不过来了。

想到这里，孔春深后背一阵发凉。

“燕哥哥，你不要离开染衣好不好？我怕。”周染衣从孔春深的怀里仰起脸，楚楚可怜地说道。

“这……”孔春深有些为难，说实话周染衣钻在他怀里，他全身就已经因为本能的反应有些燥热不安了，只是他在极力地克制着。

“燕哥哥，你陪着染衣，别走。”周染衣紧紧地拽着他的睡袍不肯放手。

“刺啦”一声，孔春深的睡袍被她扯了下来，直接从肩膀滑到了腰间，上半身的春光一览无遗。

周染衣却丝毫不害臊地眨了眨眼睛，她伸出手戳了戳孔春深饱满的胸肌和结实的八块腹肌：“哇，原来燕哥哥的身材是这般好，看来是染衣误会你了。”

孔春深被她这番有意无意的调戏弄得面红耳赤，他把睡袍穿好，用低沉的嗓音说道：“你知不知道你在做的事情有多危险？”

周染衣歪着小脑袋一脸无辜：“燕哥哥好像又抽烟了？不听话哦。”说着，她打了个大大的喷嚏。

“那我先走了，你继续睡，有什么事情叫我。”

“我不！”周染衣拨浪鼓般地摇摇头，拽着孔春深的睡袍不肯放手。

孔春深无奈，哄她躺下，然后在床边坐下：“睡吧，我等你睡着了再走。”

“燕哥哥，染衣真想快点跟你成亲，然后相夫教子，我们儿孙满堂，白头偕老。”周染衣扑闪着水汪汪的眼睛，他仿佛从她的眼里看到了星星。

“扑通”一声，大概是星星落在心底的声音。

周染衣说罢，便微笑着闭上眼睛，仿佛进入了甜甜的梦乡。

孔春深盯着她看了一会儿，正准备离开。

本以为枕上人已经睡着，谁知周染衣又睁开眼睛，黑瞳如墨玉，声音软糯舒服：“燕哥哥，染衣睡不着，你能唱催眠曲给我听吗？”

耐不住周染衣的软磨硬泡，孔春深想了想，唱起孙燕姿的《天黑黑》：“我的小时候，吵闹任性的时候，我的外婆，总会唱歌哄我。夏天的午后，姥姥的歌安慰我，那首歌好像这样唱的……”他的声音低沉富有磁性，像徘徊在低音域的大提琴音。

“燕哥哥的声音真好听。”周染衣痴痴地说道。

孔春深唱歌好听这点其实没有多少人知道，他平日里也不大爱去热热闹闹的KTV，最多就在某个阳光充沛的午后，拿着一把吉他轻轻地弹唱，也不录视频，有十一这只傻猫当听众就可以了。

“天黑黑，欲落雨，天黑黑，黑黑……”

枕着孔春深的催眠曲，周染衣慢慢闭上眼睛，沉沉地睡去。

孔春深唱完整首歌时，周染衣已经睡得很香了。她的嘴角微微上扬，弯成一个好看的弧度，好像梦到了星河璀璨，梦到了颊畔桃花，梦到长风策马，梦到与君长相厮守。

孔春深笑了笑，给她盖上被子，关了台灯，轻手轻脚地从二楼走下。

这一夜，他做了个梦，梦里有被秋风染红的爬山虎，有蓝印花布漫天飞舞的大染坊，还有笑得如春日明媚动人的周染衣，她温柔软糯地叫唤着：“燕哥哥……”

·第三章·

只要你不走，我也不走

Chunshen jiumeng

孔春深大清早便被噼里啪啦的动静给吵醒，尤其是最后那一声“哐当”直接吓得他灵魂出窍般从沙发上弹坐起来。十一也受到了惊吓，“喵”一声钻进他的怀里，一双水绿色的眼睛瞪得老圆。

他朝出声的方向望去，是厨房。他看到周染衣呆呆地立在那里，低着头不言语，锅掉在她的脚边。

“染衣？”孔春深奇怪地走过去。

周染衣缓慢抬起头，她那张好看白皙的脸上镀了一层黄色的黏稠液体，皱着眉头和鼻子，眼睛紧紧地闭着：“燕哥哥……”

孔春深看了看她的脸，又看了看掉落在地上的锅、散落的蛋壳以及打开的微波炉，反应了过来，猜测道：“你用微波炉加热鸡蛋？”

“嗯。”周染衣点点头，一睁开眼睛蛋液就会流进去，她只好一直闭着眼，像个木头人一动不动。

孔春深无奈，从卫生间里拿来毛巾，给周染衣擦了擦脸。

“燕哥哥你不是说微波炉可以加热吗？”周染衣小声问道。

“但也不是什么东西都能放进微波炉里的，尤其是鸡蛋。幸好你今天加热的时间不长，不然就毁容了。”孔春深无可奈何又很生气，好像只要自己离开一小会儿，她就小命不保了。

“那染衣要是毁容了，燕哥哥还会喜欢我吗？”周染衣委屈巴巴地问。

“你就是化成灰，我也认得。”孔春深给周染衣擦完脸，拿着毛巾转身走进卫生间，在洗手池里清洗起来。

周染衣见孔春深似乎有些心情不大好的样子，以为他因为自己闯祸而生气了。她噌噌噌地凑了过去，倚在卫生间的门上，蹙眉，佯装可怜：“我只是想给燕哥哥做个早餐而已，燕哥哥原谅我嘛！”声音娇滴滴的。

面对这般的撒娇求饶，孔春深的心又软了下来，不忍责备：“以后家里任何电器的使用，都要经过我的同意，知道吗？”

周染衣捣蒜般乖巧地点点头。

孔春深向来吃软不吃硬，偏偏她又软又甜，如棉花糖一般。

“双手抬起来。”出门前，孔春深说道。

周染衣乖乖地举起双手，像缴械投降的小白兔。

孔春深掀起她的上衣，往里面的秋衣上贴了片暖宝宝：“这个叫暖宝宝，发热后会让你的肚子变得很暖和，来月事的时候应该处处小心谨慎。”

周染衣好奇地低头打量暖宝宝：“咦？还真的是热的呢，跟燕哥哥的手一样温暖。”

孔春深笑了笑，不由自主地伸手摸了摸她的脑袋。他环顾四周看看有没有忘记带的，目光扫到客厅桌子上的中华烟时，走过去正准备拿起来。还未触碰到烟，手心便被周染衣快速地塞了个东西。

是一包彩虹糖。

“燕哥哥要是烟瘾犯了的话，吃这个。”周染衣笑了笑，酒窝浅浅。

孔春深又瞥了一眼中华烟，忍了忍，握紧了彩虹糖。

他其实已经忘了自己什么时候沾染上烟瘾的，三年前抑或是五年前？

不创作的时候他的生活作息规律，习惯也很健康，可是唯独戒不了烟。烟总是能麻痹他的大脑，让他有片刻的放空，不再被那些回忆所折磨。

孔春深回过神叹了口气，那就从今天开始试着戒掉吧。

周染衣屏着呼吸看着他的手轻轻地掠过中华烟，抽了一张纸巾覆盖在烟的上方，挡住。

她嘻嘻地笑起来：“燕哥哥真乖。”

孔春深怔了怔，看着周染衣灿烂的笑容，嘴角不自觉地扬了起来。

情窦初开的染娘在第一次见到侯少爷时便暗动芳心，他留洋时的见多识广让染娘知道了原来世界不止有中国这片土地，还有与他们肤色完全不同的其他种族的人群，说着汉语之外的其他语言，有着属于他们的独特生活方式。

侯少爷弃笔从戎，加入了共产党，积极投身于革命浪潮中，在那个战乱的年代，只能用书信诉说纸短情长。从小在大染坊里平安长大的染娘，从未踏出过乌镇一步，也不知道那个一百多公里外的夜夜笙歌的上海正在发生翻天覆地的变化。

后来侯少爷在一次冲突中受了伤，寻求庇护躲进了大染坊。侯少爷和染娘的流言蜚语却成了街坊邻居茶余饭后的谈资。侯少爷想为染娘负责，他在开春时节携聘礼上门求亲，在春天的尾声里两人完成了一场盛大的西式婚礼。

周染衣把染娘从最初的少女怀春到嫁作人妇的戏份演绎得淋漓尽致，真情流露。

饰演侯少爷的孔春深在与她对戏过程中完完全全被带入了戏中，仿佛回到了那个风雨飘摇的年代，一对乱世佳人才子的倾世绝恋，浮华惊梦。

“两姓联姻，一堂缔约，良缘永结，匹配同称。看此日桃花灼灼，宜室宜家，卜他年瓜瓞绵绵，尔昌尔炽。谨以白头之约，书向鸿笺，好将红叶之盟，载明鸳谱，此证。”

染娘的婚礼在远在上海的侯家大院举行，染娘知道侯家富贵，却不曾料想到是这番盛大的光景。一个会客厅便有两个大染坊那么大，来参加婚礼的都是上海滩的名门望族，非富即贵，男士西装革履，女士珠光宝气。

婚礼上染娘身穿无瑕的婚纱，白色的乔其纱用一小枝橙黄色的花别住，斜披在身上。头戴着花蕾珠宝别成的小花冠，垂着轻纱，手捧着在春天里盛开的花朵，惊艳四座，却仍有不少名媛少爷嘲讽她是乡下来的不入眼的乡巴佬。

舞台剧演到这段时，周染衣身穿婚纱从舞台后方走出来，在半明半昧的光影中袅娜娉婷。孔春深的心跳忽然漏了一拍，一时间竟忘了词。他愣在原地站了很久，半天后抬手扶额，示意所有的幕后工作人员停下来："不好意思，我忘词了。"

周染衣出戏，笑了笑："没想到燕哥哥的演技竟不如我。"

孔春深看着周染衣，她白衣如雪，眸如明月，仿佛从皑皑冬雪里踏遍皓白山川走来的冰雪美人，偏偏她的笑容干净纯粹，像那天山盛开的雪莲，纯洁得没有一丝杂质，让人心动。

"一会儿重新来一次吧。"他对着负责调试灯光和道具的卢云说道，然后从舞台上走下来，问容漾漾，"东西买了吗？"

容漾漾从角落拿起一个白色猫咪的热水袋，毛茸茸的，递过来。

孔春深接过热水袋，转身递给了身后的周染衣："拿着，暖和。"

周染衣将热水袋置于手中，笑嘻嘻地打量着："这猫咪真像十一。"

深爷对周染衣的好已经远远超过了工作中上级对下属的关心，容漾漾撇撇嘴。她给深爷当助理这么多年以来，还从未收到这么贴身细腻的礼物，即便来大姨妈的第一天疼得要死要活，也得跑三公里去帮他递资料。

“衣服合身吗？”孔春深问道。

周染衣点点头，在原地转了个圈：“这婚纱真漂亮啊！我以前常听姐姐提起，她出嫁的时候要穿一身白衣，要像那些时髦的女郎那样尝试新潮的东西，当时还被阿爸骂了好久呢，说白色是丧礼的颜色。”她说到这里，神情不自觉地又黯淡下来，“姐姐应该比我先出嫁的，我却还没见到她穿婚纱的样子。”

“姐姐？”站在一旁的吕姬心里一亮。

“放心吧，你会找到姐姐的。”孔春深安慰道。事实上，他从未相信周染衣的姐姐真的存在，只是碍于这么多双眼睛注视着，他不好在现场与她争执起来，便转移了话题。他叫来服装师，带她去换衣服，“这件婚纱照着染衣的身材去改，之后不用每次试戏都穿上，等正式开演的时候再穿就可以了。”

毕竟衣裳也是有寿命的。

周染衣跟着服装师往化妆间的方向去了。

容漾漾递过来一份合同：“深爷，你要的合同拟好了。”

孔春深翻了翻合同，确认没什么问题之后，也往化妆间的方向走去。

“你知道深爷是怎么找到周染衣的吗？”待孔春深的背影渐渐消失在视线里，吕姬问容漾漾。

容漾漾摇摇头：“深爷只是去参加了乌镇戏剧节，后来便跟我说找到了合适的染娘人选，可能是在戏剧节挖掘的吧？”

“可是这个周染衣根本查不到任何信息。”吕姬在手机浏览器上搜“周染衣”的名字，翻了半天也没找到和她相关的内容。

“深爷一向喜欢挖掘新人，当年方……”容漾漾意识到自己似乎说错了话，连忙捂住嘴。

她想说的那个名字，在深爷面前是忌讳，更是整个工作室里人人缄口不言的名字。

吕姬知道容漾漾想说什么，瞪了她一眼：“白跟在深爷身边这么多年了，还学不会说话。”

容漾漾自知理亏，面对吕姬的责骂只能垂下头，闭口不言。

孔春深拿着演员合同来到化妆间里，周染衣已经换好了衣裳，正坐在镜子前整理着被弄乱的头发。

服装师看了孔春深一眼，明白他的意思，离开了化妆间，将空间单独留给他们俩。

孔春深将演员合同摆在周染衣面前，解释道：“这是一份演员合同，该走的流程还是要走，上面规定了你作为主演需要为这个舞台剧所承担的责任和义务。虽然我也放心你，但这些都是必要的手续。”

周染衣点点头，拿起笔毫不犹豫地在签名的空白处落下自己的名字。

“你不看看？”孔春深问。

“燕哥哥就算是把我卖了我也认命。”周染衣的脸上堆满了笑容。

孔春深笑了笑："放心吧，要是不签合同，我还能省点钱，你演舞台剧，我还要付给你酬劳。"

周染衣摇摇头："酬劳我不要，燕哥哥养我就好啦。"

燕哥哥养我就好啦。

这句话软绵绵的，如春风般拂过孔春深的心。

然后，他心动了。

孔春深缓过神来，对上周染衣清澈如碧水的双眸，忙把头偏向一边，不去看她："你的身份信息我已经处理好了。"

周染衣似懂非懂地点点头。

"深爷，谷先生来了。"容漾漾敲了敲化妆间的门，说道。

"让他进来吧。"孔春深应道。

化妆间的门被推开，一个看上去约莫五十岁的男人拄着拐杖走了进来，眼尾处漾开深深的细纹，戴着顶黑色的全冠帽，帽檐向上高高翘起。

孔春深其实不太喜欢谷先生这个人，觉得他老奸巨猾又颇有心机，但碍于他是戏剧学院的资深教授，在戏剧圈里有一定的名气和地位，加上他偶尔的捧场能为自己的舞台剧带来一些关注度，孔春深才总是对他客客气气的。

"哟，这便是染娘了吧？"谷先生瞅见孔春深身后的周染衣，笑得眼睛眯成了一条缝。

周染衣本能地往后退了一步，一只手紧紧地拽着孔春深的袖子。

"她叫周染衣，是个新人，但很有表演天赋。"孔春深介绍道。

谷先生探着头去看周染衣，周染衣在孔春深的身后左右躲闪。

“这丫头未免也太害羞了吧？能放开……来演吗？”谷先生意味深长道。

“这个您大可放心，我教出来的新人自然是能胜任我写的角色的。”孔春深自信满满地回应。

谷先生点点头：“那就好，可别走了上个人的歪路。”

孔春深皱了皱眉头，不悦的表情一闪而过，但很快恢复了笑脸：“不会的。”

谷先生在沙发上慢吞吞地坐下，拐杖立在一旁，从口袋里掏出一包烟，抽了一根递给孔春深。孔春深犹豫了一会儿，拒绝了：“我最近在戒烟。”

“哦？是吗？那可真是稀奇。”谷先生自己点了烟抽起来，目光迷离地上下打量着周染衣。

闻到烟味的周染衣当即打了个大大的喷嚏，把谷先生吓了一跳，手中的烟直接掉到地上。

孔春深憋住嘴角的笑容。

周染衣又接二连三地打着喷嚏。

“她对烟味比较敏感。”孔春深忍笑解释道。

谷先生表情不悦，瞥了一眼掉落在地上的烟，抬起脚顺势将烟头星火踩灭，站起身来：“改天一起吃个饭吧，裴总也对染娘好奇极了。”谷先生悠悠地说，拄着拐杖走出了化妆间。

裴总是《染娘》这部舞台剧的主要投资人，想必谷先生便是他派来打听编排动向的吧。想到自己做一部舞台剧还要被监视，孔春深心里便有些不爽。原本他是可以靠着《小丑先生与鬼姑娘》这部舞台剧持续红下去的，但自那件事发生之后他选择了归隐，五年的堕落人生，直到染娘出现在梦里，唤醒了他做舞台剧的初衷与热爱。

“燕哥哥，我不太喜欢这个人。”待谷先生离开之后，周染衣在孔春深的背后小声说道。

孔春深转过身，见周染衣一副受了惊吓的胆怯模样，笑了笑：“为什么不喜欢？”

“看上去贼眉鼠眼的。”

周染衣的这个描述把孔春深给逗乐了，“扑哧”一声，终于将刚刚憋了好久的笑声笑了出来，他摸了摸周染衣的脑袋：“你真可爱。”

周染衣从口袋里拿出一颗糖，快速剥开糖纸，然后塞进他的嘴里。

孔春深嘴里突然泛起一股甜蜜：“这是？”

“奖励你的，刚刚燕哥哥没有接过烟来抽，很乖。”周染衣甜甜笑道，嘴边酒窝浅浅。

糖在舌尖慢慢化开，真甜啊。

谷先生从化妆间走到排练舞台，吕姬正坐在台下的一个角落里背着台词，见到谷先生，一脸惊讶：“您来了？”

“这舞台剧弄得怎么样了？”谷先生在吕姬身边慢慢坐下。

“已经在正式排练了，按照现在的进程，明年开春一定能正式与观众见面。”吕姬如实答道。

“孔春深只给你安排个女二号的角色，真是太委屈你了。”谷先生悠悠说道，“这样的人，你仍对他有所眷恋吗？”

吕姬神情黯淡了下来，她抽了抽嘴角：“我是自愿的，江白鸥的角色也很适合我。”

谷先生轻笑：“我看他跟那个新女演员走得倒是很近，该不会是在一起了吧？”

吕姬抿了抿嘴：“不知道。”

“罢了，你就继续执迷不悟着吧，别忘了我们的约定。”

吕姬的脸色一沉。

谷先生笑了笑，站起身来：“不打扰你工作了，加油，我的戏剧女王。”

吕姬抬起头，回给他一个僵硬的笑容，目送他离开。她的手指骤然握紧，在剧本上抓出一道道深深的印痕。

上海似乎是没有春秋两季的，十一月份便骤然进入了漫长而寒冷的冬天，每天早晨起来雾气朦朦胧胧，整座城市仿佛未洗干净的牛奶瓶一样，白茫茫一片。

孔春深给周染衣买了整个冬天的衣裳，还教会了她如何网上购物。好在他设置了信用卡的额度，不然非得被周染衣买得倾家荡产不可，她对金钱真的一点概念也没。

周染衣对金钱没概念到什么程度呢?

她能把百元大钞随随便便地塞给路边的乞丐，在路边摊买东西从来不要找回的零钱。孔春深对此很是头疼，在教育多次无果之后，没收了她身上的现金，也不给她的支付宝绑定银行卡，而是定期往里面转一些钱。

舞台剧《染娘》已经进入了正式的排练期，孔春深请来专业的摄影师来为整个团队的演员拍摄定妆照。

周染衣拍了很多张照片，他都不大满意，因为她一面对镜头脸便本能地变得僵硬，上镜十分不自然。

最后，孔春深只好抱来十一跟她互动。

周染衣见到十一，立马笑靥如花，生动的表情被摄影师捕捉下来。

选照片时，孔春深看到一张跟他在乌镇拿到的那张美人照如出一辙的照片，照片上的周染衣微微侧着头，一脸恬静，目光清澈，似乎被什么东西给吸引住了。

“你当时在看什么？十一吗？”孔春深看着照片问道。

“在看燕哥哥。”周染衣甜甜笑着，声音软糯。

孔春深嘴角扬起一抹微笑，没说什么，摸了摸怀里的十一。早知道看他也能笑得这么甜，就不用白费力气把十一带来了。

十一在片场里只跟孔春深和周染衣亲密，见到吕姬时便化作气势汹汹的小狮子，一副张牙舞爪的模样。

吕姬对之前被十一抓伤的疼痛还记忆犹新，在十一多次对她伸出猫爪之后，她只好放弃接近它。

吕姬原本想着跟十一拉近关系，孔春深若是外出便能将十一寄养在她家里，这样两人多了一些私下的往来。无奈十一根本不认她这个“后妈”，跟周染衣倒是亲近得很，她只能暗暗不爽。

工作室正式放出了《染娘》的定妆照，并官宣将在明年的三月开启全国巡演，持续一个春天那么长。

此消息一出顿时引起不小的轰动，那可是五年前红透半边天之后突然沉寂的孔春深哪！虽然这些年来也传出过关于制作《染娘》舞台剧的消息，但总是很快没了后续。所有人都以为这部舞台剧将胎死腹中，没想到如今真的启动了。而且女主演还是个闻所未闻的新人，到底是什么来头，连大名鼎鼎的戏剧女王吕姬都只能给她当配角。

之后大家开始打听扮演染娘的周染衣，却没有搜到任何的小道消息与八卦绯闻，包括照片也仅仅只有官博的那张定妆照。

对此工作室给出的回应是：新人一个，希望不被打扰。

而后孔春深为周染衣推掉了所有采访，舞台剧《染娘》进入封闭式的排练。

“江白鸥，你还我孩子！”凄厉的声音在舞台上响起，周染衣伸出手去打吕姬的脸。但她顿了顿，手心只是轻轻地贴过吕姬的脸。

吕姬用力将周染衣推开，在激烈的音乐声中，吕姬喊了“停”。

“你到底会不会演舞台剧啊？舞台剧需要的是人物张力，说话声音要够大，动作要夸张，你连个巴掌都打不响，怎么让观众看出你愤怒的情绪？”吕姬语气刻薄地教训着。

周染衣低着头站在原地不说话。毕竟只是演戏，她无法真的出手去打吕姬，平日里她连一只蚂蚁都舍不得伤害，更何况吕姬在现实生活中与她无冤无仇，她实在是下不去手。

“我们再来一次吧。”孔春深安慰道，“你把她当作江白鸥，那个抢夺你丈夫还害你流产的心狠手辣的江白鸥，而不是女演员吕姬。”

周染衣吸了口气，点点头，凝神。

这个桥段是染娘和骄纵蛮横的江白鸥对戏最激烈的部分。剧中的江白鸥是侯少爷的青梅竹马，侯少爷留洋时她眼巴巴地在深闺里等候，盼望着十八岁成年礼的到来好嫁与他，没想到等来了婚礼，新娘却不是她。

后来江白鸥利用自己在上海滩的人脉和势力处处针对染娘，染娘苦不堪言，但为了侯少爷选择忍气吞声。侯少爷毕竟是肩负革命使命的人物，结婚后每天为家国大事鞠躬尽瘁，周染衣想着不给丈夫添麻烦，打碎了牙只能往肚里咽，她这不谙世故的性格实在是不适合上海的暗潮涌动。

染娘好不容易怀上了侯少爷的孩子，却因江白鸥从中作梗失去了。

所以这个时候的染娘应当是痛彻心扉声嘶力竭的，恨不得杀了江白鸥。

舞台剧与一般的电影电视剧表演方式大不相同，舞台剧要求演员把一喜一怒完全释放出来，通过极为丰富的肢体语言表现出来，说话时也要尽可能地大声。

周染衣平时说话就很软糯，一时间让她大声呼叫确实有些困难，加上每天跟吕姬抬头不见低头见的，面对吕姬时周染衣容易出戏。

周染衣和吕姬把刚刚的桥段再演了一遍，周染衣这回是真的“啪”一声打下去了。但打下去之后，她立马道歉：“不好意思啊，是不是打疼你了？”

吕姬无语地抿了抿嘴：“我们现在是在演戏！”

“对不起。”周染衣垂下头，像个做错事的小孩子。

孔春深走上舞台，解围道：“算了，今天先到这里吧，大家也都累了。”

“不是生得好看就能当演员的，戏剧圈里最忌讳的就是花瓶。”吕姬甩了甩手，走下舞台。

在台下看着这一切的容漾漾和卢云不由得深吸了一口气。

周染衣在演技方面确实还有待提高。

虽然她开场时的染娘演绎得很好，但毕竟那时候的染娘只需要一张美丽的笑脸就行。后续染娘整个人物慢慢走向低谷再崛起具有很大的情感转变，十分考验演员的演技。

“燕哥哥，对不起……”周染衣咬着嘴唇，抱歉的泪水在眼眶里来回打转。

孔春深拿出纸巾给她擦了擦快要落下的眼泪：“你作为新人，第一部舞台剧就需要驾驭这么宏大的角色，确实会有些困难。不急，我们慢慢来。”

“嗯。”周染衣抬起头，眼睛被泪水洗涤过变得清亮无比，“燕哥哥教教我怎么演好吗？”

工作人员陆陆续续地回家了。

孔春深从化妆间里搬来一个模特道具，放置在周染衣跟前，给它穿上江白鸥的旗袍：“你把她当作江白鸥，我们再试试看。”

周染衣点点头，吸气，吐气，凝神，入戏。

“江白鸥，你还我孩子！”周染衣高抬起手，在看到无脸的模特道具时一秒钟出戏，手停在半空中，“扑哧”笑出声来，“燕哥哥，这个太可笑了，我打不下去。”

“严肃点，我们在排练呢。”孔春深一本正经。

周染衣悻悻地收回笑容，理了理思绪，再演了一遍。

“江白鸥，你还我孩子！”

“啪”，周染衣的手挥在模特道具的头上，模特道具摔倒在地。

孔春深扶起模特道具立好：“刚刚的表情再愤怒一些。”

周染衣清了清嗓子：“江白鸥，你还我孩子！”

“啪！”

“声音还不够，再来！”

“江白鸥，你还我孩子！”

“啪！”

“挥的动作再大一些！”

“江白鸥，你还我孩子！”

……

周染衣演了一遍又一遍，孔春深始终不够满意，周染衣的手打得红肿，道具模特的脸都凹了下去。

“有进步，但还是需要练习，今天先到这里吧。”孔春深把模特道具搬下舞台，放置在一个角落里。

“燕哥哥，对不起。”周染衣知道自己让他失望了。

“好的演技本来就不是一蹴而就的事情，是铁杵磨成针的，你没听说过‘台上三分钟，台下十年功’吗？”孔春深伸手捏了捏周染衣皱得可怜巴巴的小脸，笑了笑，“走吧，带你去吃好吃的。”

周染衣一听到好吃的便转悲为喜，刚刚还是苦瓜脸，这一秒便笑靥如花。

孔春深看着她这张善变的脸无奈地笑了笑，真是个十足的吃货。

驱车到上海城隍庙的小吃广场，人流如潮。

周染衣一条街地吃了过去，海棠糕、蟹汤包、眉毛酥、水晶虾仁、八宝鸭、臭豆腐、钓钟烧……各式各样的小吃都被她收入腹中。

孔春深跟在她身后负责买单，看着她幸福地吃着便觉得很开心。

上海的城隍庙就像个不夜城，霓虹灯点亮了整条大街，古老的城隍庙伫立在其间，古色古香，添了几分现代与历史碰撞的交织感。

周染衣望着游人如织和彩灯璀璨，感到新鲜极了。

走到九曲桥时，看到护栏两侧栽着的“桃树”，她忍不住伸手去摘那挂在枝头又红又大的桃子，忙被孔春深给拦了下来：“这个不能吃，是假的。”

她不开心地撇撇小嘴，收回了手。

孔春深看着她可爱的模样哭笑不得，他觉得周染衣不应该生在乌镇，应该是个广东人才对，毕竟传闻里广东人什么都吃。

“哇，那是什么？”周染衣被一个一闪一闪的飞天之物给吸引住了目光，踩着小碎步跑了过去。

摆地摊的中年男人双手一搓，松开，然后那亮着灯的东西便向夜空中飞去了，随后又落了下来。

“这是竹蜻蜓。”孔春深说着，给她买了一个。

“竹蜻蜓我小时候经常跟姐姐在院子里玩，怎么有点不一样呢？这个会发光，好神奇啊。”周染衣爱不释手地看着手中的竹蜻蜓。

“这上面装了电池，所以会发光，其实原理跟你以前玩的竹蜻蜓一样。”孔春深拿过竹蜻蜓，搓了搓竹柄，然后松开，正想好好地在周染衣面前耍酷一番，结果那竹蜻蜓越飞越偏，最后落在了一棵大树上，卡住。

周染衣生气地将小拳头挥向他：“燕哥哥你还我竹蜻蜓。”

“我再给你买一个。”

于是孔春深又买了一个。

周染衣拿着竹蜻蜓像个小孩一样乐此不疲地玩着。

“现在的女人可不是一个竹蜻蜓就能满足的，兄弟，好好珍惜你的女朋友吧，她是个好女孩。”卖竹蜻蜓的摊主叹了口气，语重心长道。

看来摊主也是个有故事的人啊。

孔春深笑了笑，看向笑得肆无忌惮的周染衣。

逛完了一圈后，他拉着周染衣的手往回走，人潮变得越来越拥挤，大家都一股脑地往外散去。

“别走丢了，跟紧我。”他握着周染衣的手更紧了。

周染衣乖巧地点点头，始终贴着孔春深的后背走。

突然孔春深不知被何物重重地撞了一下，手不自觉地一松，周染衣也松开了他的手，他缓过神来，人流汹涌中，一个黑衣男子掠过他的身旁飞快地向前走去了。孔春深瞥了一眼那个黑衣男子，想要去追，但转过头发现身后的周染衣已经不知道去向何处了。

他只好放过黑衣男子，拨开人群呼唤周染衣的名字。

最终在绿波廊前找到了她，周染衣被人群挤到一个角落里，她贴着栏杆，一脸的焦灼，见到孔春深时，兴奋地张开双臂扑进他的怀里：“燕哥哥。”

“你怎么能把染衣给弄丢呢？染衣刚刚吓坏了。”周染衣抬起脸，委屈得眼泪快要落了下来。

孔春深顿了顿，半天才吐出一句“对不起”。

周染衣继续把脸埋在他的怀里，甜甜地笑着，她突然问道：“燕哥哥，你的心怎么跳得这么快啊？”

孔春深有些尴尬地红了脸，轻轻推开她，拉起她的手：“走吧，这回不会弄丢了。”

“燕哥哥，告诉你一个秘密。”

走在前面的孔春深没有应答。

“其实我跟燕哥哥贴得很近时候，心也会跳得很快。”周染衣在他身后小声地说道。

听闻此言，孔春深的心跳动得更快了。

人山人海，他却觉得前方道路广阔，陌上花开。

天刚破晓，孔春深便起了床，开小火煮着暖暖的香粳米粥，热腾腾地冒着蒸汽。莹白的粥看上去温柔得很，就像温柔的周染衣。

孔春深转了个身准备在柜子里取点红枣，却见周染衣哭红着鼻子从二楼走下来，模样让人看得心疼。

“怎么了？”孔春深问。

“燕哥哥你欺负我。”周染衣控诉。

孔春深想了想，以为是昨天训练周染衣的演技时太过严格苛刻，露出一个僵硬的笑容赔笑道：“昨天下午我确实心急了些……”

周染衣摇摇头，打断他的话：“不是昨天下午。”

“那是什么时候？”孔春深不解。

“昨晚。”周染衣吸了吸鼻子。

“昨晚？”

“嗯，在梦里。”周染衣认真答道。

孔春深哭笑不得：“这锅我可不背啊，你去找梦里的燕哥哥算账去。”

“阿妈以前跟我说过，人在现实生活中没能做到的事情，会跑到梦里去完成，所以燕哥哥你肯定有在心里想过怎么欺负染衣！”周染衣强词夺理。

孔春深摸摸鼻子：“冤枉啊。”

周染衣突然破涕而笑，蹦跳着走到孔春深面前：“燕哥哥你怎么这么可爱？我开玩笑的。”

“你这个小淘气鬼，差点被你的演技给骗了。”对于周染衣，孔春深真是没辙。

周染衣嘻嘻笑道：“那看来我的演技有提升嘛！”

“冬天喝粥暖暖身子。”孔春深点点头，盛了碗煮好的粥。

周染衣坐下来，一勺一勺地舀着粥喝：“不过，昨晚我真的梦见燕哥哥了。我梦到我们在大染坊里相遇，和我们第一次见面不一样，梦里的爬山虎是春天里的碧绿色。你说，让我等你，等到你来找我为止，然后你就走了，再也没回来过。

“所以我醒来的第一件事情就是找燕哥哥，看见你在我就安心了。”周染衣眼睛亮亮地看着孔春深，“燕哥哥，你不会离开我的，对吗？”

“只要你不走，我也不走。”孔春深笑了笑。

“那若是我走了呢？”周染衣又问。

“我会去找你。”

“若是找不到呢？”周染衣继续问。

孔春深想了想："这一世找不到，下一世接着找。"

周染衣"扑哧"一声笑了出来，低下头继续喝粥。

粥的温度刚刚好。

"我们下午再去工作室，早上先去爬山。"孔春深连她登山的冲锋衣和装备都买好了。

"爬山？为什么呀？"周染衣感到不解，"放松心情吗？"

"锻炼演技。"孔春深神秘兮兮地笑了笑。

周染衣困惑不已，爬山怎么能训练演技呢？

两人开车往上海松江区的方向而去，一路开到天马山。车子停在山下的一块空地，孔春深拿了几页装订好的纸张递过来："一会儿登山的时候边爬边念这个。"

周染衣看了看前方蜿蜒曲折的阶梯："要爬到顶？"

孔春深点点头，把纸张塞到她的手中："而且要一边爬一边念这个，能念多大声就念多大声，你先看看，背下来。"

周染衣不满地噘起嘴："果然梦里是真的，燕哥哥真的在盘算怎么欺负我。"

孔春深无奈地笑了笑，又一本正经道："想成为一名好演员，要做的第一件事情就是努力。"

周染衣只好拿着纸张走到一棵树下认真地背起来：

"有个姓朱的财主，又讲忌讳，又爱说话文绉绉。他对新来的小猪倌说：'记住我家的规矩：我姓朱，你叫我时不准带"朱"（猪）字，叫“老爷”或“自家老爷”就行了。平时说话要文雅一点，不准说粗言俚语。例如，吃饭要说“用餐”；睡觉要说“就寝”；生病要说“患疾”；病好了要说“康复”；人死了要说“逝世”，但犯人被砍头就不能这样叫，而要说成“处决”……’”周染衣一步一个台阶地往上走，嘴里念念有词。

孔春深走在她的前面，面对着她，认真地听着她朗诵的语气：“再声情并茂一些，配合肢体动作。”

周染衣抑扬顿挫兼手舞足蹈：“第二天，一头猪得了猪瘟。小猪倌急忙来对财主说：‘禀老爷，有一个“自家老爷”“患疾”了，叫它“用餐”不“用餐”，叫它“就寝”不“就寝”，恐怕已经很难“康复”了，不如把它“处决”了吧！’财主气得半天说不出话来。小猪倌接着说：‘老爷要是不想“处决”这个“自家老爷”，让它自己“逝世”也好！’”

孔春深听她念完一遍，两人已经登上了一个大台阶。

周染衣累得上气不接下气，她平日里虽也活蹦乱跳的，但都是在大染坊范围内活动，哪里承受过这么大的运动量。

“我们休息一下吧。”孔春深走到前方的一个亭子，招呼着她过来。

周染衣飞快地奔了过去，瘫坐在长亭的椅子上，气喘吁吁：“燕、燕哥哥，这跟锻炼演技有什么关联啊？”

“这是在考验你的肺活量，作为一个舞台剧演员，肺活量得好；其次是字正腔圆，咬字清晰，再者加入动作，融入情绪。”这个爬山的方法是孔春深在戏剧学院上学时学到的，他拿到的是制片人和演员的双学位，也是在戏剧学院那段时间，他认识了吕姬。

吕姬是个对自己极为苛刻的女演员，学校的后山是她每天练习基本功的常驻地。只要清晨往那儿走，都能听到她咿咿呀呀平平仄仄的声音，清脆而响亮。

“之前只觉得演员特别光鲜亮丽，不承想原来要吃这么多苦。”周染衣叹了口气。

孔春深笑了笑：“想成为一名出众的舞台剧女演员，你要学习的还有很多。”

周染衣点点头，给自己加油打气了一会儿，恢复满满元气，扬起灿烂的笑容：“燕哥哥，我们继续吧。”

这一路上周染衣没有再叫苦叫累，拧着一股劲儿往上爬。两人一鼓作气来到山顶。山顶之后是连绵不绝的山脉，往前看，上海整个城市的版图尽收眼底。

此时已经到了正午时间，好在是阴天，阳光并不是很强烈，风凉飕飕地刮过，清爽至极。

孔春深站上一块石头，“啊”地大喊了一声，把周染衣吓了一跳：“燕哥哥，你做什么呢？”

他拉过周染衣的手，让她也站立到石头上来：“大声地喊出来吧，把你所有欢喜的或者悲伤的事情都大声地喊出来。”

周染衣仍有些羞涩，看了看四周：“这样不太好吧，会吵到其他人的。”

“那你看这里有人吗？”

“有燕哥哥。”周染衣扭扭捏捏。

“作为一个舞台剧演员，应当学会释放自己的天性，去体验各种各样的未知。你越是害怕周围的眼光，越是演不好戏。你想想啊，等舞台剧开演了，台下那么多双眼睛注视着你，你难道要退缩不成？”孔春深握紧周染衣的手，给她力量，“不要惧怕任何眼光和声音，即便所有人都质疑你、否定你，你也要大声地喊叫出来，去做你自己。”

周染衣点点头，定了定神，深吸了一口气。

“啊！”她叫了一声。

“不够大声，再大点！”

“啊！！”

“再大点声！”

“啊！！！啊！！！啊……”

周染衣的声音回荡在山谷间，传来阵阵回声，仿佛在与山对话。

大声吼出来之后，周染衣似乎打开了新世界，她越叫越起劲，声音绵绵不绝。

孔春深微笑着看着她，她乌黑的长发被风吹得凌乱，她在风里号叫，像一只桀骜又温顺的小狼。

·第四章·

他怕自己不够好，让她觉得爱情也不过如此

Chunshen jiumeng

孔春深觉得周染衣学坏了。

自从她跟工作室那帮人成天厮混在一起，她便学会了许多现代网络用语。比如一言不合就说要“盘它”，动不动就“扎心了老铁”，质疑时便问“你是魔鬼吗”。在孔春深表示无奈并且希望她分场合用这些流行语时，周染衣又来了句：“我信你个鬼，你个糟老头子坏得很！”

弄得孔春深哭笑不得。

毕竟从周染衣这样一个大家闺秀口中说出这些话来，实在太有违和感。

她也只是图一时的新鲜和好玩，但似乎有些过头了。

比如她某天天真地拉着孔春深要去警察局，孔春深一开始慌了神，以为她惹出了什么幺蛾子，细细询问一番，周染衣才说了真话：“我听说现在谈恋爱都是要坐牢的，如果连坐牢都怕的话还谈什么恋爱？”

孔春深扶额叹息，跟周染衣在一起的日子真是“好嗨哦，感觉人生已经到达了巅峰”！

为了让大家更好地提高演技，孔春深规定舞台剧参演人员每天必须提前一个小时到工作室，由他带队出早功。

工作室的后面正好有片荒地，孔春深每天带着一队人马浩浩荡荡地围着这里跑，一边跑一边大声念喊，矫正普通话：

“八百标兵奔北坡，炮兵并排北边跑。炮兵怕把标兵碰，标兵怕碰炮兵炮……”

“白石塔，白石搭。白石搭白塔，白塔白石搭，搭好白石塔，白塔白又大……”

“红凤凰，粉凤凰，粉红凤凰，红粉凤凰，黄凤凰……”

……

不知情的过路人听了还以为是什么奇怪的传销组织呢。

周染衣略带着江浙一带的口音，前后鼻音总是分不清楚，为此孔春深每天回家后多抽出一个小时帮她矫正，两人“en、eng……in、ing……”地哼着，像在用鼻息拉大提琴，时不时十一的“喵喵”叫突兀地穿插进来。

偶尔孔春深也会给舞台剧的参演人员来个猝不及防的即兴表演考核，比如让他们想象此时此刻正在一辆公交车上，可以任意扮演各种各样的乘客，自由发挥。

听到这个命题时，周染衣睁大懵懵懂懂的眼睛问孔春深：“燕哥哥，什么是公交车呀？”

孔春深无奈，只好在排练完后带她去坐了趟公交车，要她细细观察公交车上每个人的神态和语言。之后周染衣胸有成竹地说自己准备好了。

等到即兴表演真正开始时，其他人都在尽心尽力地扮演司机和乘客，有模有样的，只有周染衣坐在凳子上，眼睛直勾勾地看着前方。

“你怎么不表演呢？”孔春深问道。

“我在表演一个发呆的乘客呀。”周染衣一脸天真。

孔春深无语。

舞台剧排练的片段来到染娘家中传来噩耗。

染娘父母因为不愿出让大染坊被洋人迫害身亡，远在上海的染娘在侯少爷的陪伴下连夜赶回了大染坊，披麻戴孝，在父母的灵堂前哭得撕心裂肺。

周染衣演这段戏时完完全全把痛彻心扉的情绪展现出来了。她跪坐在地上，肝肠寸断地喊着：“阿爸、阿妈……”

在场的其他演员和工作人员完全被她的哭戏所感染，容漾漾一边看着一边抹眼泪，突然想起了远在老家的父母，偷偷去卫生间里给父母打电话，诉说思念。

等这个片段演完时，周染衣还长跪在地上泪如泉涌，嗓音已经哭得沙哑。

“染衣，演完了。”孔春深走过去，把她扶起来。

周染衣仍声泪俱下，用干涸的嗓子不停叫唤着“阿爸、阿妈”。孔春深看得心疼，让卢云安排大家继续排练，自己则将她带到一个角落里，好好地安抚她的情绪。

在警局工作的林风眠曾在孔春深的委托下调查周染衣的身世，可仍旧一无所获。

周染衣的过去就像一张完全空白的纸，一干二净没有任何痕迹。林风眠也奇怪：“这个人就好像是凭空冒出来的，没有留下任何的线索和足迹。”他甚至调来了大染坊附近的监控，也没有看到周染衣是从何处进入大染坊的，只有周染衣跟着孔春深走出大染坊的画面。

孔春深也想试着去相信周染衣口中的身世背景，可她的描述完全像是一个生活在民国的人，对现代科技和社会的发展一无所知。

如果周染衣真的生在民国，那她日常的行为逻辑和说话语气倒是说得通。

难道她真的是从民国穿越过来的？

孔春深也想相信这种说法，但作为一个故事编造者和理性思考的正常人，无论如何也无法说服自己。

跟周染衣在一起的时间越长，孔春深就越被她的温柔软糯所吸引，他只能让自己不要再去纠结那些所谓的扑朔迷离的真相。

他想全心全意抛却任何杂念地对她好，至于身世之谜，顺其自然吧。

他不在乎她来自哪里，哪怕她是妖魔鬼怪，他也认了。

周染衣慢慢地哭累了，靠在孔春深的怀里抽噎，她抹了抹眼泪："燕哥哥，我们继续排练吧。"

但孔春深知道她现在的状态根本没有办法继续排练舞台剧，他想了想，决定带周染衣去散散心调整心情："要不要看电影？"

电影？

周染衣吸了吸鼻子，"电影"这东西她只听过但未见过，过去的十八年里她对乌镇之外的世界的认知完全来自姐姐天花乱坠的描述。姐姐年长她五岁，从成年开始便跟着经营大染坊的阿爸到上海去采货。姐姐的见多识广让她羡慕不已，她也一度眼巴巴地盼着自己十八岁的成年礼快点到来，这样就能跟着阿爸姐姐去软红十丈的大城市了。

那时候的电影还处在黑白无声的默片时代。姐姐看的第一部电影是《女侠白玫瑰》，回来之后便像模像样地在周染衣面前比划了一套拳，说自己也要像电影里的白素瑛那般做铿锵玫瑰，为这动荡山河尽绵薄之力。

后来姐姐又看了阮玲玉主演的《野草闲花》，一个街头卖花女爱上离家出走的富家子弟的可歌可泣的爱情故事。那时候她猜想姐姐是不是有了心仪的对象，可是还未见到姐姐的心上人，姐姐便下落不明了。

周染衣曾幻想过成为电影里的人物，不是什么叱咤风云的英雄，也不是富有的千金名媛，而是她那些未能完成的梦，在戏中圆满就好了，那些物是人非终能够坠欢重拾。

而如今她主演的舞台剧，戏中的她还是失去了父母，多么讽刺可笑，好像老天爷注定要让她戏里戏外都曲终人散，人走茶凉。

唱尽离歌，物是人非，笑叹红尘坠梦客。

孔春深挑来挑去，选了一部比较轻松的电影《海王》，在手机上订好票，跟容漾漾交代了几句，便带着周染衣往电影院去了。

周染衣第一次戴上 3D 眼镜，犹如置身于辽阔的大海，游动的鱼儿环绕在她身边，她伸出手去摸那些鱼，却扑了个空。

中途，她不解地摘下眼镜，那些鱼儿又消失了，仅仅是远远地游动在荧屏上，只有戴上眼镜时才能身临其境。周染衣感到神奇，可是她内心的欢喜却无从向亲人诉说。她想告诉姐姐自己看了一场彩色有声还能置身其中的电影，而姐姐一定会伸出手指头戳戳她的小脑门，以为她在胡言乱语。

电影的最后海王找到了下落不明的母亲，周染衣仿佛看到了自己，她相信阿爸阿妈也一定在这世间的某个水帘洞后面，静静地等着她。

一场电影看下来周染衣早已是泪流满面，孔春深慌张不已，他原本是想带周染衣出来看个电影转移注意力驱逐悲伤的，怎么她反倒哭得更伤心了。

周染衣知道他是在担心自己，擦干眼泪坚强地笑了笑，半开玩笑道：“我觉得看这个电影应该带一双筷子来。”

“为什么？”孔春深一头雾水。

“因为电影里的人都备了叉子啊。”周染衣嘻嘻笑道，“想吃鱼了。”

反应过来的孔春深有些汗颜。

既然这样他便决定带周染衣去吃烤鱼。正好到饭点，店外的等候区坐满了人，孔春深原本想换一家店，但她见了烤鱼便挪不开步子，他只好取了号陪她等着。

等号的无聊间隙，孔春深烟瘾又犯了，看到抽烟区时眼睛一亮，心里盘算着怎么跟周染衣说。

周染衣似乎看出了他的心思，拉着他走到旁边的口红机："燕哥哥，我想玩这个！"

抽烟的事情只好先作罢。

孔春深投了币，但第一关就出局了。

他不服输地又来了一局，仍在第一关以失败告终。

"染衣来试试！"周染衣跃跃欲试，她盯着游戏屏幕，表情专注认真，直接过了三关拿到口红。

孔春深甘拜下风："真厉害。"

周染衣拿起口红："燕哥哥，我要你帮我涂口红。"

孔春深看了看四周的人群，有些不大好意思，但周染衣已经闭着眼睛噘起嘴了，模样可爱至极，让他忍不住想亲一口。

他打开口红，认真地给周染衣涂。她的唇形特别好看，即便不用口红也粉嫩得如三月的桃花。孔春深不觉动了心，不小心将口红涂歪了，他忙伸出手去擦，手指在周染衣的嘴唇边来回摩挲。

周染衣睁开眼睛，眼睛清亮如小鹿般看着孔春深。

孔春深的手还落在她的嘴唇上，他看着周染衣，她的双眸熠熠生辉仿佛有星辰大海，浅浅的酒窝如春暖花开温暖了人心。他看得入了迷，胸口涌上一团火，让他抑制不住冲动地想去吻她。

直到一声轻轻的“燕哥哥”，孔春深才被唤回了现实。

他回过神，连忙把手从周染衣的脸上抽离，尴尬地在半空中甩了甩：“好、好像快到我们了，快进去吧！”说完，他把口红递给周染衣。

周染衣跟在孔春深的身后，抿了抿嘴，完全没注意到孔春深不自然的表情。

两人在烤鱼店里落座，周染衣看着菜单如指点江山一般，将鲜美的食物全部要了个遍，满满的一桌菜，看得邻座瞠目结舌。

可她丝毫不在意别人的眼光，津津有味地吃了起来。

平日里孔春深一个人吃一条一斤的海鲈鱼还绰绰有余，周染衣却把一条两斤多的鱼解决了，不仅一点也不剩，还扫荡了一份猪蹄和一盘炸鸡。

吃饱喝足的周染衣渐渐开心起来，脸色也好了些。

孔春深看着她可爱的模样，温柔地问道：“吃饱了？不够的话我们再点一些。”

“我想喝那个。”周染衣看向一个女孩手里的奶茶。

孔春深笑了笑，领着她在商场里四处转悠，但她似乎对服装包包什么的统统都不感兴趣，一心就奔着奶茶。

终于在商场的负一楼买到了她心心念念的奶茶，周染衣咀嚼着奶茶里的珍珠："哇，上海有好多我没吃过的东西呀，真可惜，我要是生在上海多好，感觉前十八年的人生都浪费了。"

她的这番话弄得孔春深哭笑不得。

"燕哥哥，你见过大海吗？"周染衣想起刚刚观看的电影《海王》里浩瀚的海洋，问孔春深。

孔春深点点头，周染衣的这番问话勾起了他的思绪。

五年前那件事情发生后，他曾当起背包客走遍了世界。

当他潜入墨西哥尤卡坦半岛的洞穴时，在那个即便有阳光照射能见度也低得可怕的魔鬼之宫里，他以为自己将会永远地迷失直到氧气耗尽；当他在亚马孙河流域被河水冲走击中岩石时，他张开双臂仰望着头顶的绿荫不再挣扎，任由河水将他带向死亡之门；当他在一万五千米高空的飞机上纵身一跃时，他甚至没打开伞包让身体自由坠落，只想跌入无尽的深渊……

他所尝试的这些冒险与挑战，并不是因为热爱，而是为了一个目的——寻死。

可是最终，他都活下来了。

但活着，有时候比死去痛苦太多了。

孔春深每每想起那段时间的心如死灰，便会觉得头皮一阵发麻。他害怕再回到那些阴郁的时光，他像个囚犯，被禁锢在暗无天日的心房里，兜兜转转，怅然若失，永生也走不出来。

"燕哥哥？"周染衣的手在孔春深面前挥了挥，孔春深缓过神来，定了定思绪，表情仍有些茫然：“你刚刚说什么？”

“燕哥哥，你见过大海吗？”周染衣语气软糯地又问了一遍。

“哦，见过。”孔春深答道。

“哇，真好，染衣还没有见过呢。”

“想看吗？”孔春深问。

周染衣用力地点点头。

上海的西南部有片金山城市沙滩，从那里可以看到一望无际的大海。

孔春深和周染衣过去的时候正值日落时分，水平线上似有一团耀眼的光球，余晖落在海面上波光粼粼如同明亮的绸缎。

周染衣脱下鞋子，赤脚走在沙滩上，感受细沙的轻轻摩擦。一阵海浪过来，她的脚丫被浸湿，像被大海轻吻过，愉悦而舒适。

孔春深静静地跟在她身后，不出声。

周染衣的整个身子沐浴在温暖的余晖中，她乌黑的发梢被染成了金黄色，她浅浅地笑着，仿佛从海面走来的缪斯女神，高贵美丽，浑身上下散发着金灿灿的光芒。

她慢慢转过身来，对着孔春深甜甜一笑：“燕哥哥，谢谢你。”

“谢谢你带我来看大海。”她的酒窝浅浅，眉眼弯弯，夕阳下楚楚动人。

“悲伤的日子总会过去的。”孔春深轻轻地将周染衣拥入怀中，轻声说道。

周染衣倚在他的怀里，看着落日慢慢坠下，最终消失在海平线上。

那些光芒万丈也被收敛了起来，好像从未出现过一般，她伸手抱紧了孔春深：“燕哥哥，我要我们永远也不分离。”

“如果连你也离开我了，我的生命就真的没有意义了。这些感动和欣喜的东西，都是你带给我的。”周染衣温柔地说道，如温柔的海风。

孔春深闭上眼睛，海浪拍打礁石的声音在耳边回响，海风轻轻地吹着，他真想时间永远暂停在此时此刻，他跟她就这样相拥到老，直到岁月将他们融为一体。

两人回到家里时已经很晚了，早上走得匆忙，没来得及给十一准备充足的猫粮，十一发飙把家里弄得一团糟，还打碎了两个花盆。

孔春深舍不得教训这位高傲的主子，给十一开好猫罐头后收拾着满地狼藉。周染衣也帮忙清理，擦桌子时两人的手碰到了一块儿，又连忙地收回，而后相视一笑，笑得腼腆。

孔春深已经完全习惯了这个家有周染衣的存在，甚至觉得这是一件理所当然的事情。

他每天会比周染衣早起一些替她准备早餐，两人回家之后便逗逗猫咪，偶尔坐在沙发上一起吃着零食看电视。周染衣总是大惊小怪于那个叫电视的盒子能变幻出这么多东西来，一度怀疑里面是不是藏了魔术师。

她也曾自告奋勇地帮孔春深洗衣服，可想而知她黑白一桶洗，孔春深的白衬衫直接染成了花色系，偏偏她却还一脸无辜道：“白色太单调了，染染色多好，我这是在秉持大染坊的理念。”

周染衣总有那么多奇奇怪怪的理由将孔春深辩驳得无可奈何无从答

起，他每每看着她那一脸的天真可爱，便不忍心责备。

但孔春深和周染衣同居的事情是秘密，直到有天容漾漾终于发现端倪地好奇随口一问：“你俩是不是住一块儿？每天都一起来一起走的。”

在周染衣差点诚实地点头说“是”时，孔春深一本正经道：“嗯，她住在我的楼上。”

这样回答，好像也没什么毛病？

复式公寓的二楼也算是楼上。

孔春深就这样偷换概念地成功蒙骗过关，容漾漾便也不再八卦地追问下去。

林风眠来上海看孔春深时，他正好在台上与周染衣对戏。

经过这段时间的排练与训练，周染衣的演技明显有所提高，一颦一笑一嗟一叹均在戏中，染娘仿佛从未落的帷幕里走出来了，从兵荒马乱的民国穿越而来，鲜活地出现在众人的视线里。

就连《染娘》故事的创作者孔春深，有时候也会分不清那究竟是周染衣还是染娘。染娘的灵魂似乎慢慢地附着在周染衣身上，她坚韧不拔的品性，给了周染衣在一无所有的悲痛中活下去的力量。

“哇，你真是个老司机，把好好的一个单纯如白纸的姑娘调教成知冷知热的舞台剧女演员了。”林风眠看着周染衣，感叹道。

孔春深朝他翻了个白眼，随后问道：“事情办完了吗？”

“放心吧，你请求的事情，我百分之百给你做到完美。”林风眠从黑色的皮衣口袋里掏出一个信封递过来。

孔春深打开信封，看了一眼，将其折叠好收在自己的裤袋里。

两个人到休息室里谈话。

“你查到什么了吗？”孔春深问。

林风眠摇摇头：“这个周染衣就是个谜啊，根本查不到关于她的任何信息，除了黑户，只有一种可能……”他故意拉长了语调，吊着孔春深的胃口。

“什么？”

“鬼魂！”林风眠突然把手伸了过来，但孔春深并没有被吓到。

林风眠自讨没趣，向后瘫在猩红色的沙发上：“你怎么这么淡定？不好玩。”

“我是认真的。”孔春深一脸严肃。

林风眠恢复一本正经，摇了摇头：“我真没查到，不然也不会给你办这事儿。不过……”

“不过什么？”孔春深真是讨厌极了他爱卖关子的口气。

“乌镇十三年前走丢过一个小女孩，但那个小女孩好像是个孤儿，无名无姓的，后来被一户好心人家给收养了，本来要为她置办户口，结果女孩又不见了。那户人家来警局挂了人口失踪，但是这样一个连名字都没有的女孩根本不好找，两三年也没找到，后来人家也死心了搬走了。”林风眠顿了顿，继续说道，“你说周染衣会不会是那个女孩？”

“关于那个女孩的资料你有吗？”

“哈，我就知道你肯定会问，都给你准备好了，一会儿发你邮箱。”

“谢了。”

“哎，咱俩之间不用这么客气，都一个多月没见了，我可想死你了，等你排练完晚上一起喝点小酒啊。”林风眠突然肉麻道，但孔春深已经习惯了，点点头。

从休息室里出来，正好撞上周染衣，林风眠笑了笑：“还记得我吗？”

周染衣对上次在警察局做笔录的印象还很深刻，警察局严肃庄重的氛围让她感到十分慌张，见到林风眠时便又回想起了那种感觉，于是下意识地往后退了一步，像看见坏叔叔一般眼神有些惶恐，一溜烟地从休息室的门缝里钻进去了。

林风眠笑了笑，双手插在黑色皮衣的兜里，哼着歌往前走去。在拐角处碰到穿着戏服的吕姬，他眼前一亮：“吕大影后真是越来越美了。”

吕姬瞥了他一眼，淡淡回应：“谢谢夸奖。”

她与林风眠虽然在戏剧学院时便认识，但两人只能说是点头之交，后来因为林风眠时常来工作室转悠的缘故又见过几次面，但每次都是像今天这般，随意地搭话几句。

吕姬向来自视甚高，除开她喜欢的和对她事业有帮助的人，其他人她基本多说一句话都觉得浪费时间。但今天，她还是忍不住问道：“你熟悉周染衣吗？”

林风眠先是一顿，又立马恢复了嬉皮笑脸：“你跟她天天对戏，应该比我熟才对。”

吕姬自知问不到什么话，撇撇嘴走开了。

林风眠转身看着吕姬的背影，笑了笑，笑容有些意味深长。

“燕哥哥，你们很熟吗？”看见孔春深走进休息室里，周染衣问道。

“谁？”

“刚刚出去的那个男人。”

孔春深反应过来她是在说林风眠，笑了笑：“我跟他是在戏剧学院里认识的，有次我们演舞台剧，这家伙演了个警察的角色，结果入戏太深立志要当一名人民的守护者，隔天就跑去复读考警校了，毕业后终于如愿以偿地当上了警察。”

周染衣“扑哧”一声笑了出来：“没想到这人看上去凶巴巴的，却蛮有意思的。”

“凶巴巴？嚯！他就是一闷骚男，娘起来的时候比女人还女人。”孔春深吐槽着，从刚刚林风眠给他的信封里拿出一张身份证明递过来，“这是你的身份证明资料，上面那串数字是你的临时身份证号码，最好背熟了。”

周染衣接过身份证明，好奇地看了看：“咦？我的生日怎么不是民国元年？”

“你确定自己是民国元年出生？民国元年到现在多少年了？107年，你要是说出去你有107岁，不得把人给吓着？”

“唔……有道理。”

周染衣正要把身份证明收起来，被孔春深拿了过来："身份证明我替你保管着，要是有人管你要，你就说在燕哥哥那里。"

周染衣点点头。

孔春深想起林风眠提及的那个小女孩的事情，想要问问她，但一时半会儿不知道怎么开口，只好先将心里大大的疑问搁在一边。

晚上孔春深和林风眠约在一家清吧。清吧复古风浓郁，还原了 20 世纪老上海的神韵，门框上装饰着玫红色带流苏的绸缎，红木桌椅雕刻着精致镂空的花纹，抬头望去头顶是片彩色玻璃格窗，如万花筒炫目迷人。

这家酒吧是林风眠预订的，孔春深第一次来。

"这间酒吧染衣一定会喜欢的。"孔春深在心里嘀咕道，心想着下次一定要带周染衣来。他想把所有好玩的有趣的东西都分享给她，和她一起去历经那些良辰美景。

"这里还不错吧？"林风眠笑嘻嘻道，虽然职业很正经，但林风眠私下里特别爱玩，但也没有因此耽误工作，实在难能可贵。

孔春深点点头，将鸭舌帽取下放在旁边的衣帽架上。他点了杯"上海往事"，初入喉时甜甜的，但是后面非常辛辣，酒精浓度很高，好在他的酒量还算可以。

"那个周染衣是你女朋友吧？"林风眠问道。

孔春深"嗯"了一声，像在回答又像是反问。

“你看她的眼神不一样，五年了，我从未见你对谁流露出这么炙热的目光，仿佛人山人海，但你的眼里只能看到她一般。”林风眠轻轻地转动酒杯，杯沿处映出点点光斑，如手握繁星。

“可是我很犹豫。”孔春深叹了口气，他怕自己不够好，让周染衣觉得爱情也不过如此。

“你还没有忘记她吗？”林风眠又问道。

孔春深蹙眉，仰头将杯中酒一饮而尽，闭了闭眼睛：“风眠，别再提她了吧。”

“五年了，你是该走出来，也该释怀了。”林风眠拍了拍他的肩膀，“那件事情并不是你的错。”

“我这个做警察的，看人向来很准。周染衣我虽然就见过两次面，但直觉告诉我，她是个好女孩，你别辜负了人家。如果喜欢，就好好地珍惜；如果不喜欢，也别耽误她。”林风眠又补充道，“若是等她对你的依赖越来越深，你却撒手离开，只会重蹈五年前的老路。我和你一样，都不希望悲剧再发生。”

孔春深沉默了下来，他又续了酒，闷头喝着。

林风眠见他一直安静着不说话，打算暂时离开让他清静下：“我去趟洗手间，你先一个人静一会儿。”

孔春深点点头，继续喝着酒，一杯酒又见底，他向后靠在玫红色的沙发靠背上，伸直了长腿。他穿着鸡心领的毛衣，明眼可见的锁骨性感至极，他喝得有些醉地扶了扶额头，闭眼休憩了一会儿，准备找卫生间洗把脸。

孔春深有些站不稳地走出包厢，服务员想要过来扶他，被他摆摆手拒绝了。他抬眼忽然看到吧台上坐着一个黑色的人影，和那天碰见的黑衣男人身形十分相像，他心里“咯噔”了一下，连忙大步走了过去。

突然一个穿着红裙子的女郎端着高脚杯拦住了他：“帅哥，一起喝杯酒呗。”

孔春深推开她，再定神看向吧台时，那个黑衣男人已经不见了。

他快速走到吧台前，问正低头认真擦拭酒杯的调酒师：“刚刚坐在这里那个穿黑色衣服的人呢？”

调酒师抬起头一脸茫然：“没看到人啊。”

孔春深又急忙追出门，往街道的两头来回跑了跑，都没有看到黑衣男人。最后他只能无奈地回到酒吧里，那个红衣女郎正等着他，轻笑着：“在找什么呢？女朋友吗？”

孔春深不想与她纠缠，往包间走去，但红衣女郎今晚还非下定决心要把孔春深带走不可，不依不饶着。

回到包厢没有找到孔春深的林风眠转了出来，看见红衣女郎纠缠着他，连忙跑过来解围：“不好意思美女，我朋友喝得有点多了，今天没心情。”

红衣女郎有些生气地跺了跺脚，端着高脚杯离开了。

“你怎么了？”林风眠见孔春深手无足措。

孔春深收回了思绪，摇摇头：“没什么，我们今天先到这里吧。”

他扶了扶额头，头晕得厉害，“我大概是出现幻觉了。”

“我叫车，先把你送回去。”林风眠拿出手机打开叫车软件。

孔春深回到家中已是深夜一点了。他推开门，见沙发处立着的台灯没关，散发着暖色的光，他走过去正要关灯，却见沙发上躺着一个人儿，睡得正酣。十一从她的怀里钻了出来，看见孔春深“喵”地叫了一声。

孔春深朝十一做了个“嘘”的动作，十一便不再叫唤了。但周染衣感觉到了十一的蠕动，醒了过来，睡眼蒙眬地看着他，露出浅浅的笑容：“燕哥哥，你回来了？”

“你怎么睡在这里？”孔春深问。

“我在等你呀。”周染衣从沙发上半坐起来，揉揉眼睛，伸了个大大的懒腰。

孔春深心里一酸，他明明在出门前就嘱咐过自己今天会晚点回来，让她不必等，没想到她还是傻乎乎地等到睡着。

“燕哥哥，你喝酒了吗？”周染衣朝他身上嗅了嗅，像一只可爱的小宠物。

孔春深忍不住伸手摸摸她的头，将她覆盖在脸颊凌乱的乌发撩起来拨到耳后：“嗯，喝了点。”

“醉了吗？”周染衣睁着亮亮的眼睛，仿佛眸里盈着一汪明晃晃的银河，徜徉着满天繁星。

“有一点。”孔春深乖乖答道。

周染衣看着他，仿佛在期待什么。但孔春深还是忍住了内心的冲动，顿了顿，说道："你快去睡吧，明天我们还要排练。"

周染衣轻叹了一口气。

"怎么了？"孔春深见她的情绪突然低落了下来。

"燕哥哥，你不想亲我吗？"周染衣委屈道。

"啊？"孔春深一时间不知如何回应。

"我听说，人喝醉酒就会去亲想亲的人。"

孔春深心里被撩拨了一下，他想了想，半蹲下身子，伸手轻轻地捧着周染衣的脸颊。明明是自己喝醉了酒，她的脸却比他还要红，如粉色的桃花。

他想了想，在周染衣的额头上落下轻轻的一记吻，眼里满是温柔。

"晚安。"他温柔道。

周染衣的脸更红了，孔春深感受到她的体温在逐渐升高。

她甚至忘了呼吸，长久才呼了口气，捂着脸从沙发上跳下来，害羞地往二楼跑去。

孔春深见她这般娇羞的怀春少女模样，忍俊不禁，明明是她想让自己亲的，到头来她却先脸红了。

他摸摸鼻子，觉得她可爱极了。

周染衣直接把脸埋进枕头里，久久地回想着那个吻。她的心像缓缓流过一条暖暖的河，河里有无数的心灯，摇曳着光点亮了她的心房。

孔春深一早起来头沉甸甸的，阳光从窗帘的缝隙里洒进来，十一正蹲在地上认真地用猫爪子捕捉那一米阳光，跟自己的影子玩耍。

他看了眼手机的时间，竟已经七点半了。

他慌慌张张地从沙发上爬起来，却见厨房里忙碌着一个熟悉的身影。

周染衣见孔春深醒来了，笑着将一碗牛奶端到他面前：“燕哥哥，喝点牛奶醒醒酒吧。”

孔春深看了眼桌子上整整齐齐摆放着的精致早餐，心里有些惊喜：“这些都是你做的？”

“厉害吧？”

正想夸周染衣的厨艺原来如此深藏不露，她却扬了扬手中的手机，补充道：“我学会叫外卖了。”

端着牛奶的孔春深差点没忍住把碗弄翻：“原来你是叫的外卖啊？”

“对啊，我尝过了，还特别好吃，看来我的眼光不错。”周染衣得意扬扬。

孔春深无奈地笑了笑，但又觉得这十分符合她的作风。

“燕哥哥，”周染衣想了想，问道，“染衣不会做饭是不是让你特别失望啊？”

孔春深摇摇头：“我愿你永远十指不沾阳春水，双脚不着沙尘地。”

周染衣开心地笑起来，颊边酒窝深得妩媚。

·第五章·

——你刚刚是在亲我吗

——不，是猫亲的

Chunshen jiumeng

洋人向染娘讨要染布技术，并试图将大染坊改造成工厂进行机械化生产。染娘不愿祖辈辛苦传承下来的染布技术就这样被洋人掠走，选择了勇敢反抗。她向有钱有势的侯家提出请求，侯少爷的母亲素来把江家千金江白鸥当作儿媳妇来疼爱，自打染娘进了侯府，便总是冷眼相对。

染娘为了守住大染坊，与侯老太太做了交易，含泪签下离婚契约。

“凡为夫妻之因，前世三生结缘，始配今生夫妇。既以二心不同，难归一意，快会及诸亲，以求一别，物色书之，各还本道。”

“愿妻娘子相离之后，重梳蝉鬓，美扫峨眉，巧逞窈窕之姿，选聘高官之主，弄影庭前，美效琴瑟合韵之态。”

侯少爷在侯老太太的游说下，以为染娘另有所爱，即便不忍，也选择了成全。

“解怨释结，更莫相赠；一别两宽，各生欢喜。”

这是侯少爷写给染娘的最后一封信里的话。

“唉，侯少爷终究还是不够信任染娘啊。”周染衣看着剧本惋惜道。

“爱情有时候就是要有缺憾才完美，而这些缺憾往往都是因为不够信任对方造就的。”作为艺术家，孔春深对这句话深信不疑。

“才不呢！”周染衣噘起樱桃小嘴，“我就很相信燕哥哥，即便燕哥哥跟其他女人在一起了，我也会认为那是误会。”

“小傻瓜，做正室心可不能这么大。”孔春深无奈地笑了笑。

正室？咦？周染衣突然歪起了脑袋，笑嘻嘻地看着他：“燕哥哥，你刚刚说什么？”

孔春深不好意思地用咳嗽掩饰尴尬：“我、我是说，女人要狠一点。”

周染衣缓慢地摇摇头：“不对不对，你刚刚明明承认了染衣是正房。”

孔春深更加尴尬了，又假装咳了几声。

“我们都还没成亲呢，燕哥哥就先入为主了。”周染衣捂着嘴偷偷笑起来，暗自窃喜。

孔春深笑了笑，摸了摸她的头。

他们两人并没有注意到休息室门外立着的一个高挑纤细的人影。

吕姬盯着他们亲密的互动嫉妒到发狂，她握了握拳头，看向笑靥如花的周染衣。

这个周染衣究竟是什么来头？

吕姬在网上搜集资料无果后，特意找了私家侦探帮她调查周染衣的来历，试图找到她的软肋和黑料作为把柄。可是私家侦探在辗转了一个多月之后给出的回复是周染衣干净如白纸，甚至没有任何的家庭关系，仿佛横空出世一般。

吕姬后来多次私下联系林风眠，向他打听。可是林风眠似乎有意隐瞒什么，根本不愿说出知道的信息，每次都是嘻嘻哈哈地转移了话题。

这让吕姬更加感到奇怪，她不相信一个人的人生中会没有任何的污点，毕竟人都是有阴暗面的，一定有一些隐匿在阳光背后的不想被人熟知的黑暗秘密。

染娘与侯少爷离婚后便全身心投入大染坊，不过二十岁出头的染娘并不被染坊里的师傅认可，甚至劝她将染坊直接出卖换千两黄金安度余生。染娘固执地要将染坊经营下去，她一边亲自上门游说，并一边钻研祖宗留下来的染布秘籍，不断地提高染布技术并进行改良，终以一条蓝印染布惊艳了众人。

周染衣演到这里时，突然停了下来，对孔春深说道：“燕哥哥，看来你压根没染过布。”

“噢？”

“你这舞台剧里讲的一些染布技术不太对。”周染衣认真而温柔地解释，“虽然有了画面美感，但我觉得还是要以实际为基础。”

孔春深觉得她说得有道理，示意她继续说下去。

众人的目光齐刷刷地看了过来，周染衣不紧不慢道：“染布需要用到锅灶、大缸、碾布石、卷布轴、晾布架、麻花板，另外缸棍子和看缸碗各一个。这些道具虽然冗杂，但既然这部舞台剧涉及染布工艺的传承，就应该都准备齐全呈现给观众。”

容漾漾一边听着，一边拿出随身携带的笔记本开始做笔记。

周染衣在舞台上来回小小地踱步，如同专业的讲师一般：“染布时用的染料一般是经过加工或者提炼的天然植物，有的还加入矿物作为辅料，可以染成蓝靛色、黑色、红花色、鹅黄色、茶褐色、官绿色以及天青色。而我们家的大染坊主要做的是蓝印花布……”

吕姬听到这里时顿了下，周染衣家里是做染布的？

“大染坊所有的染料都是从中草药里提取出来的，像栀子的种子、紫草、苏木、槐米、红花等，所以只能在棉、麻、丝、毛等材料上上色。”周染衣笑了笑，“除此之外我自己还发明了一种方法，被阿爸阿妈夸好呢。”

周染衣在舞台剧道具堆放的角落里找到自己所需的材料，摆到舞台上，又两手空空地跑出了工作室。

众人不知所以然。

孔春深正要追出去，周染衣很快便回来了，手上多了几株在路边采摘的小雏菊。

“不好意思啊，可能要牺牲一下你们了。”周染衣抱歉地对手中的小雏菊说道，然后走到舞台上，将一块未经加工的白色麻布铺在地上，小雏菊的花儿和叶子密集地覆盖在麻布上。

众人好奇地注视着周染衣的一举一动，卢云拿出手机悄悄地录了视频。

周染衣将靛蓝色的染料装在喷壶中，在麻布上喷上颜色。等染料渐渐风干之后，她将小雏菊拿开，把麻布立了起来，只见刚刚被小雏菊遮挡的部分都有了花朵与叶子的留白图案。

周染衣笑了笑：“这个办法其实挺投机取巧的，但还是很受欢迎哩。而且啊，很多想来学染布的人苦于没有门道，用这个简易的方法自己在家也能完成。”

“厉害吧？”周染衣歪着脑袋问众人，目光却是看向孔春深。

孔春深点点头，带头鼓起掌来，其他人也纷纷跟着鼓掌。

吕姬有些不屑地小声道：“舞台剧女演员会染布，有什么好嘚瑟的？”

为了更好地了解染布技术，让舞台剧所呈现出来的染布流程更加真实立体，孔春深决定抽一天时间带周染衣回乌镇研究染布。

周染衣一听说要回乌镇，整个人激动到连着好几天失眠了。尤其是在出发的前一天，她在床上睁着眼睛直直地躺了三个小时也没睡着，最后只好无奈地爬起来，双手撑在二楼的栏杆上，探着头看向一楼沙发上躺着的高大男人："燕哥哥？燕哥哥……"

在周染衣小声地呼唤了好几声都没有应答之后，她轻手轻脚地从楼梯上走下来，慢慢靠近孔春深，蹲在沙发前，静静地看着他。

孔春深睡得很沉，他睡觉的时候一点声音也没有，不打鼾不说梦话，就一动不动地保持一个动作到天亮。他闭着眼睛，浓密的睫毛投下一片阴影。

十一原本是在二楼的大床上睡着的，醒来发现身边的周染衣不见之后，从楼上跑了下来，纵身一跃，跳上沙发，趴在孔春深的胸膛上，不停地摇晃着尾巴。

周染衣怕十一把孔春深弄醒，伸手抱起它，十一的爪子却紧紧地拽着孔春深的睡衣不肯放手。

周染衣只好无奈地把十一放回原位，十一的眼睛亮亮地看着她，好像在宣示：这是本猫的男人。

周染衣继续傻傻地盯着孔春深沉睡的脸庞痴痴地笑，她想起那晚孔春深落在她额头上的一记轻吻，虽然短暂，却如昙花一现烟花一瞬那般美好，令人怀念。

还有啊，她的燕哥哥，长得真好看。她细细地观察着孔春深的脸部，他五官的轮廓清晰而立体，睡着的时候面色温柔。他像一条暖暖的河流，不动声色地淌入了她的心。

周染衣想了想，慢慢地把自己的脸靠过去，看着他花瓣般的薄唇，她忍不住想亲上去，但最后还是选择矜持地闭上眼睛，飞速地啄了一下。

等她意犹未尽地睁开眼时，见刚刚熟睡着的孔春深不知何时醒了过来，一双波澜不惊的眼眸平静地注视着周染衣，声音有些低沉："你刚刚是在亲我吗？"

周染衣羞得红了脸，她连忙捂住嘴巴，支吾了半天才指向十一："是它亲的，不是我。"

十一冤枉地"喵"了一声。

孔春深第一次见到做了害羞的事情还栽赃嫁祸给一只猫的，他笑了笑："是吗？我都不知道十一这么爱我。"

周染衣拼命点头："对，它很爱你。"

孔春深顿了顿，温柔地回应道："我也爱它。"

言下之意，你爱我，我也爱你。

周染衣娇羞地和孔春深对视了一眼，起身匆忙要离开，突然手被拉住，被他拽入怀中。她眨了眨眼睛，睫毛像小鸟的翅膀上下扑腾着。

孔春深心里一阵悸动，他低下头，亲了亲她两侧脸颊，笑了笑："十一亲的，不是我。"

女孩的脸飞快地飞上了一抹火烧云。

黑夜里，眼前的男人像一团炙热而明亮的火焰，艳光四起。

孔春深和周染衣回到乌镇的第一件事情便是去看大染坊。历经一场大火，大染坊一片狼藉，加上年代久远的缘故，这场火后几乎没有完整的房屋保留下来，满是断壁残垣，也不知道为什么说要拆了这里的开发商也没有下一步动作了，于是大染坊一直保持着这般残破的模样。

奇怪的是，院子里的那口大染缸却没有损坏，除了有大火烧过的痕迹，仍屹立不倒地矗立在那里。

孔春深绕着大染缸走了一圈，觉得甚是奇怪。

“这口大染缸其实并不是用来染布的，阿妈说这是祖上流传下来的，已经有了灵魂。每当我们要染新的布匹时，都会跪拜这口大染缸，祈求晴空万里，染布能够顺利进行，也祈愿着大染坊的生意一直红红火火下去。”周染衣摸了摸那口大染缸，以前不开心的时候，她就喜欢钻进大染缸里跟它说说话。她总觉得大染缸虽然沉默着，但能够听懂她的话。

大染缸，就仿佛是守护神一般，守护着大染坊世世代代，也守护着周染衣平安喜乐，即便难躲厄运，但它仍完好无损着，便给了周染衣继续活下去的希望和勇气。

孔春深看了看大染缸，估摸着它的重量，想了想，问道：“你想不想带走它？”

“啊？”周染衣没明白他的意思。

孔春深解释道：“大染坊无论如何也躲避不了被拆迁的命运，到时候这口大染缸一定会被销毁的。与其这样，不如我找人将它搬走，还能当我们舞台剧的道具。”

周染衣听完后面露喜色：“真的吗？我可以带走大染缸吗？”

孔春深点点头。

周染衣张开双臂半蹲下来紧紧地抱住大染缸：“太好了，我可以带你走了。我们去新家，去繁华的上海。”

孔春深看着欣喜若狂的周染衣，笑了笑，想起他第一次在大染坊里见到她。那时候的她梨花带泪地走在漫天飞舞的蓝印花染布里，她的脸如那日的天空一般明媚清澈，她朝着他走来，就这样一步步地走进了他的心，毫无预兆。

孔春深找来搬家师傅，亲眼看着他们将大染缸包裹紧实，然后抬上大卡车。

怕大染缸在路上有个什么闪失，他还一路开着车紧紧地跟在大卡车后面，直到大染缸稳稳当当地摆在了工作室的舞台上。

容漾漾和卢云惊讶得合不拢嘴地看着这口大染缸：“这也太大了吧？都可以塞下一个成年人了。”

之后周染衣没事的时候就蹲在大染缸面前，同它说说话。她总觉得大染缸能够听到自己的声音，它像个守护神一样，守护着大染坊，即便自己的父母遭遇了不测，但大染缸的存在还是给了她不少的力量。

演戏的时候周染衣在大染缸旁也更加自然和放松，她觉得自己又回到了民国时期，回到了大染坊。即便她变成了染娘，内心仍是那个天真无邪不谙世事的周染衣。

周染衣和大染缸如此亲近，让孔春深微微有些吃醋。他没想到自己竟然会去嫉妒和羡慕一个大染缸，有时候他禁不住想如果和周染衣早些遇见，这样就不会在她人生中的前十八年里缺席了。

他想要，参与她的一生，陪她走过细水长流，直到霜染白发。

临近12月底，容漾漾请假去看跨年演唱会，卢云申请跨年跟喜欢的女孩子约会，接着孔春深又陆陆续续收到好几个关于跨年的请假，连周染衣都搬出了民国二年的条例：照得各属年节各处例行放假，查阴历十二月初六日，为民国三年阴历元旦，应自元旦日起至三号止共计三日，所有各处厅局、科厂、学堂等一律放假。

无奈之下孔春深只好按照法定节假日放了三天的元旦假期。

毕竟那么长时间的快节奏紧张排练，也是时候放松一下了。

“燕哥哥，你跨年一般怎么过呀？”周染衣问道。

孔春深想了想，他对于节日好像没什么概念，所以往年的跨年基本都是在平凡无奇中度过，没什么特别的。

他回想着那些喜庆的节日都是寡淡地过，突然觉得自己是个十足无趣的人。

“以前跨年的时候，阿爸都会买来烟花庆祝，一个个烟花升上天空，好看极了。”周染衣歪着脑袋说道。

烟花？上海市中心基本是看不到烟花的，政府也明文规定了禁止在外环线以内区域燃放烟花爆竹，如果要看烟花的话……孔春深脑海里突然闪过了一个地方，他笑了笑，对周染衣说：“我带你去看烟花。”

有人说：全世界都在催你长大，只有迪士尼让你保持童真。

烟花不是必需品，但每个人一生中至少有一次，应该看场迪士尼的烟花。

孔春深买了两张上海迪士尼的VIP票，12月的最后一天迪士尼人山人海，他原本想着一路走一路欣赏风景，等到晚上时再看烟花秀，没想到周染衣的胆子竟不是他想象中的那般胆小，一进乐园便挑战了刺激系数最高的创极速光轮过山车，而且非要坐在第一排。

孔春深几乎全程闭着眼睛，内心不停地叫唤着：快点停下来吧！求求你了！

周染衣则玩得意犹未尽，甚至还想抓着他玩第二次。

孔春深拼命地摆手拒绝，找借口道："有些东西玩一次就够了，这样才不会腻，永远保留着第一次最美的记忆。"

周染衣撇撇嘴："燕哥哥是害怕了吧？"

"才没有！"孔春深嘴硬，"不信我们玩别的！"说完他便拉着周染衣坐上飞跃地平线的娱乐项目。

椅子悬在半空中，仿佛坐上了土耳其的热气球，去邂逅古老的埃及金字塔，驰骋在千里冰山之上，翱翔于万里晴空，徜徉在宇宙星际……

一切仿佛身临其境，把全世界环游了一圈。

周染衣大开眼界，她从未想到原来世界是那么广袤，有那么多她所不知道的名胜古迹和大江大河。她对自己的无知感到惭愧，又庆幸自己来到这个时代。

这个应有尽有的美好时代，足以让每个人的白日梦都变得触手可及。

周染衣还从孔春深的嘴里听说了白雪公主与七个小矮人的故事和小飞侠的传说，她感叹于原来有那么多童年时不曾拥有的美好童话故事。她常常希望自己和家人都生于这个年代，生于这个已经解放了的时代，不再似从前那般在兵荒马乱里活得战战兢兢。

世界和平的年代，让每一个人都能去选择自己的所思所想。

从民国到如今，变化实在是太大了。

这个时代，真的优秀和进步太多了。

周染衣想，若是阿爸阿妈知道百年后的中国是这番扬眉吐气的盛世光景，那头被八国联军欺负的沉睡着的雄狮终于醒来了，并跻身于世界强国之列，一定会感到很欣慰吧。

而除了游玩，周染衣当然也不会放过迪士尼里的小吃，于是孔春深便借着要买好吃的理由拒绝了她一次又一次想坐过山车的邀请。等周染衣玩累了出来时，正好可以吃上孔春深为她排了半天长队的小吃。

孔春深买了个粉色的米奇发箍戴在她的头上，两人合拍了一张照片。他突然发现，这是他认识她这么久以来两人拍的第一张合照，他看着照片上对镜头故意调皮扮丑的周染衣，会心地笑了笑。

夜晚的烟花秀终于来临，两人坐在 VIP 席位上，静静地等着。

晚上八点整，嘹亮的歌声准时在城堡里响起，光影流动在外壁，城堡上映照着迪士尼卡通人物的灯光秀，随着剧情的推进，一束束烟花直冲云霄，噼里啪啦地在天空炸开来。

周染衣第一次见到这么震撼的烟火秀，吓了一跳，身子颤动了一下。孔春深将她轻轻地揽入怀中，双手捂在她的耳朵上。

周染衣看着绽放的烟花，回想起阿爸在去年的跨年夜给她点燃的烟火。烟花好似一场落尽的繁华，人们在绚烂的烟花中欣喜着，而后幽幽地转身离开，如烟花般终将枯芒凋零，生命在绽放过后也将坠入无声的黑暗，被人遗忘，好似从不曾存在过。

她的眼角落下了一滴眼泪，烟花美到让人无法抓住，她怕自己现在所拥有的幸福，在某一天也会如烟花易逝般顷刻间崩塌，灰飞烟灭，不落痕迹。

庄周梦蝶，奈何庄周梦了蝶，是缘是劫皆在一念之间。庄周邂逅了梦中蝶，才有了命中劫，庄周梦醒蝴蝶走了，究竟是劫过去了，还是缘分散了？

迪士尼即将闭馆，周染衣和孔春深顺着人潮的方向往外走去，上一次和周染衣走丢的事情还让他心有余悸，孔春深紧紧地揽着她往前走。

“烟花好看吗？”

周染衣点点头：“可惜烟花易冷。”

“烟花虽稍纵即逝，但记忆是永恒的。我们都终将老去，所有来过的印记也终将在这个世界上被慢慢消磨掉，但是这辈子，只要邂逅过烟花就够了。”

“那燕哥哥会一直记得我吗？”周染衣突然问道，眼睛亮亮地看向孔春深。

孔春深点头，认真应答：“我不敢保证，但是只要我还活着，哪怕已经记不起你，我也会拼了命地找遍所有的线索，去拉近与你的距离。”

他轻轻地拍了拍周染衣的小脑袋，语气温柔：“别想太多，我们会一直好好的。”

周染衣“嗯”了一声，甜甜地笑了起来，酒窝浅浅，眉眼弯弯。

对啊，岁月那么长，一辈子这么短，我们都要好好的，不负多年不将就，亦不欠你一直等着我。

周染衣把头轻轻地靠在他的胸膛上，她能听到，燕哥哥的心跳频率，跟自己是同步的，如烟花绽放，一声一声。

一阵凛冽的寒风吹来，孔春深打了个寒噤，觉得这寒冬时节吃火锅再适宜不过了，于是低头问怀里的人儿：“要不要去吃火锅？”

果不其然，周染衣一听闻吃的，随时随地都能把肚子空出来，食欲满满，小鸡啄米般地点点头。

孔春深带周染衣去了家地道的重庆老火锅店，火锅店里人声鼎沸，大概是因为跨年夜的缘故，生意异常好。

两人在排队等号的间隙，有个女生犹犹豫豫地走了过来，腼腆着脸问孔春深：“请问您是孔春深老师吗？”

孔春深素来不爱在媒体前露面，即便五年前自导自演了舞台剧《小丑先生与鬼姑娘》，但他所扮演的小丑先生涂着浓艳的油彩，化着小丑妆，几乎掩盖了原本帅气的脸庞，所以如果不是他的狂热粉丝，基本不会有人认出他来。

孔春深毫不犹豫地摇摇头：“不好意思，你认错人了。”

“啊？”女生微微有些失望，又看了一旁的周染衣，“怎么可能不是呢？她也好像染娘，我都看到定妆照了。”

孔春深礼貌地对女生微笑道：“不好意思，我们不知道你说的是谁。”

女生只好失落地走开。

周染衣转头问孔春深：“燕哥哥，你不希望被认出来吗？”

孔春深点点头：“我只是希望把脑海中的故事和画面用舞台剧编排出来，至于私下里，我仍想像个平凡人一样生活。”

“染衣这一生也不求大富大贵，只求所爱之人身体安康，携手相伴到老。”

孔春深伸手摸了摸她的头，周染衣缩了缩脑袋笑了笑，像一只温柔的猫咪。

两人排到号坐进店里，孔春深点了个鸳鸯锅。

孔春深之前原以为周染衣作为江浙一带的人应该偏爱甜食且完全不能吃辣，没想到自打她上次无意中拆开了一包辣条，从此便一入辣坑不回头了，还经常央求着负责餐饮的容漾漾每次外出时给她多带几包辣条。

到后来她学会网购时，竟一次性买了三大箱辣条，摆在客厅里，闲来无事便吃几包。每当这时十一闻到辣味都会吓得躲到二楼，并从二楼的栏杆上探出头，水绿色的眼睛直勾勾地瞪着她表示抗议，但周染衣不以为意。

孔春深想到这里便忍俊不禁，她和十一相爱相杀的关系，真是有趣极了。

周染衣系好围裙，撸起袖子，拿着长长的木筷子，眼睛直直地盯着火锅，仿佛要打仗般气势汹汹的架势，孔春深无奈地笑了笑。

火锅的热气腾腾地冒着，氤氲在周染衣的脸前，她的脸在热气中朦朦胧胧，像江南水乡里的一幅画。

她在辣锅里涮肉，还要将肉在麻辣蘸料碗里来回翻滚三圈，再送进嘴里。她咀嚼着辣味十足的牛肉，露出心满意足的表情："燕哥哥，以后每年的冬天，我们都要一起来吃火锅。"

孔春深笑着点点头，他想若是有一天周染衣不辞而别了，一定是藏到某个角落里偷吃好吃的去了。

"真是可惜，辣椒这么好吃，我竟然等到十八岁才发觉。"周染衣所有的小遗憾好像都来源于十八岁之前没能吃到这么多好吃的。

孔春深笑了笑："这世界上好吃的还有很多，以后一定带你吃个遍。"

"嗯，一言为定！"周染衣伸出小拇指，"我们拉钩。"

孔春深怔了怔，伸出手。

两只拇指交缠在一起。

周染衣晃动着手："拉钩上吊一百年不许变！若是谁违约了，就罚他（她）这辈子再也吃不到肉！只能啃青菜！"她说着，大拇指重重地与他按了一下。

孔春深无奈地笑了笑，收回手："放心吧。"

周染衣调皮一笑，低头继续吃着火锅，她换了双筷子，往清汤锅里涮了几片肉放到孔春深的碗里："这是奖励给你的，燕哥哥最近都没有抽烟，很乖。"

经周染衣这么一提醒，孔春深才想起自己确实很久没有碰过烟了。家里的烟都被她给藏了起来，每次他坐在沙发上顺手往桌上摸烟盒子，总是摸不着。

在工作室排练时，卢云习惯性地给自己带来的几包烟，也都被她没收了。

有时候孔春深好不容易搜刮到烟藏在衣兜里，不一会儿掏出来便变成了彩虹糖，弄得他哭笑不得。

烟瘾这东西终究是能戒掉的，就像他当初沾染上烟瘾也并非是一蹴而就的，他第一次抽烟时被烟味呛了半天，后来才慢慢适应。

火锅店的电视屏幕上正播放着跨年晚会，虽然店里客人的喧闹声很大，但孔春深还是听到了晚会的倒数声：

"十、九、八、七、六、五、四、三、二……"

"新的一年快乐，燕哥哥。"周染衣嘴里还嚼着肉，抢先一步说道。

孔春深看着她，嘴边浮起笑容：“新年快乐。”

周染衣用筷子夹了片肉，塞进他的嘴里：“燕哥哥再多吃点肉。”

孔春深下意识地咀嚼了几下，突然反应过来周染衣这次给他的不是清汤锅里的，而是辣锅涮出来的。

随后一阵阵辣味如排山倒海从他的舌尖倾灌到喉咙，他猛烈地咳嗽起来：“真辣。”

“燕哥哥，你太弱了。”周染衣一边吃肉，一边嘻嘻笑道，“不会吃辣的话，会错过这个世界上的很多美食。”

孔春深连喝了几杯水，终于将辣劲儿缓了过来，无奈地笑了笑。

这个周染衣，总能猝不及防地给他惊喜，哦不对，是惊吓。

走出火锅店时，天空中正飘落着轻盈的雪花，一朵朵的，周染衣满心欢喜地抬头，迎着漫天雪花大笑：“哇，下雪了。”

孔春深笑了笑，伸出手拍了拍落在她肩上的小雪。

后来他才反应过来，跨年夜那晚看烟花看雪，也许从一开始就错了。烟花和雪都是稍纵即逝的东西，好像所谓的繁华不过是梦一场，相见无期。

孔春深的车子停在露天停车场，此刻已覆盖上了一层薄薄的雪。

周染衣伸出手指调皮地在雪上画了两个火柴小人，喃喃自语：“这是燕哥哥，这是染衣，我们手牵手，永远也不分离，直到大雪将我们的头发都染白……”

孔春深看着她傻傻又认真的模样笑了笑。

看尽盛世繁华，游遍山川河流，听尽笙歌胡琴，画尽流年似水，都不及和心爱的人在冬天里看一场初雪。

有时候幸福便是如此的简单，如雪花即便无声消融，却也曾在心尖上落过。

回到家中，十一匆匆地跑了过来，端坐在地上，猫眼如怨妇般盯着孔春深和周染衣“喵喵喵”直叫，似乎在埋怨他们偷偷出去玩不带自己。

孔春深把十一抱在怀里，摸了摸它的毛安抚着。

周染衣想了想，歪着脑袋问道：“十一一定很孤独吧？要不要给它找个伴儿啊？”

孔春深点点头：“好啊，那我们明天就带它挑选如意郎君去。”他把脸贴在十一的身上蹭了蹭，突然感知身边人儿的身子也贴了过来。周染衣撒娇道：“染衣也想被燕哥哥蹭一蹭。”

孔春深笑了笑，放下十一，伸手去挠周染衣。

她痒得咯咯直笑，连连求饶：“燕哥哥，我错了，我错了……”

两人追逐着来到客厅，周染衣跳到沙发上，抱着枕头当挡箭牌。但是无用的，孔春深修长的手仍灵活地见缝插针。突然，他无意间摸到了她胸前柔软的部分，他顿了顿，停下手中的动作。

周染衣也屏着呼吸看他，空气变得安静下来。

孔春深正要收回手，周染衣忽然温柔地喊了声“燕哥哥”，他心里一阵柔软，夹杂着按捺不住的冲动。他将周染衣怀中的枕头抽走，垫在她的身后，把她轻轻地放了上去，然后整个人半坐着低头去亲她。

他亲了亲她的额头、眉眼、脸颊。

周染衣眼睛亮亮地看着他，脸上一片绯红色，像开在枝头的桃花朵朵，楚楚动人。

孔春深的吻终于落在了周染衣的嘴唇上，她的嘴唇如果冻般柔软。

周染衣没有什么接吻的经验，面对男人的霸道有些猝不及防。

孔春深一只手轻轻地摩挲着她的后脑勺，温柔道："别紧张，放轻松。"

男人的吻一点点地侵略着她的呼吸。

周染衣感受到灼热的气息，胸腔此起彼伏地渐渐发烫。

孔春深轻轻地撩起她额前的碎发，温柔地看着她："其他的，等我们结婚后，好吗？"

他想要好好地珍惜她。

周染衣点点头，似懂非懂，她眨了眨眼睛，睫毛如扑腾的小鸟上下紧张地颤动，在孔春深漆黑的眼眸里看到了自己的脸庞。

"去洗漱吧。"孔春深又亲了亲她的额头，温柔地说道。

周染衣从沙发上爬起来，偷偷地看了一眼，又羞涩地笑着，然后跑上二楼了。

孔春深走进一楼的卫生间，打开水龙头往脸上浇冷水，努力让身体里滚动着的那团火熄灭。

刚刚他在极力地克制自己，他体内涌动着疯狂的冲动，想要将周染衣占为己有，可他知道自己不能那么做。

大冬天的，孔春深洗了个冷水澡，体内的炽热终于慢慢消散了。

他穿好睡衣从卫生间里走出来，听见二楼卫生间的潺潺流水声，摇摇头笑了笑，果然女人的洗澡速度就是比男人慢。

孔春深坐到沙发上，打开手机收到许多噼里啪啦的跨年祝福短信。他挑了几个重要的人回复，然后关掉手机摆在一边。手机对于他来说，只是通信工具，而不是不离手的必需品。

楼上的水声停了，周染衣的声音从二楼传了下来："燕哥哥。"

"怎么了？"孔春深抬头顺着声音传来的方向看去。

二楼的卫生间半开着一条门缝，周染衣在门口说道："能帮我拿下睡衣吗？我晾在阳台上忘记收了。"

"好。"

他去阳台把睡衣收了下来，走上二楼，来到卫生间门口，将睡衣往门缝里递了进去。

周染衣接过睡衣说了句"谢谢"，正要关上门时，突然她脚底一滑，"哎呀"着顺手拉开门摔了出来，直直地摔入孔春深的怀里。

周染衣才反应过来自己一丝不挂地贴在他的身上，她尖叫了一声："燕哥哥，你不许看！"

孔春深乖乖地把头偏向一边："好好好，我不看。"

周染衣伸长了手去抓折叠在床边的毛毯，但她的手太短够不着，又怕自己从孔春深身上起来会被看光，只能贴着他一点点挪动着。

孔春深终于忍不住问道：“要不要我帮你？”

她羞涩地点点头。

孔春深伸长了手，轻轻一拽，便将毛毯拿了过来。他将毛毯铺开来，然后轻轻覆盖身上的人儿。

周染衣将毛毯在自己的身上裹好，缓慢地爬了起来，跪坐在床上，一脸娇羞，香肩锁骨，冰清玉洁，魅力迷人。

孔春深坐直身子，看了仍在害羞的女孩一眼，刚刚她的身子贴在自己身上，柔软得仿佛盈盈一握，让人想要将她融入身体里。

不敢再多看了，他怕自己会挪不开脚步，便快速地从床上下来，背对着她：“睡吧，晚安。”

听见身后的人儿轻轻地“嗯”了一声，他从二楼走下，坐在沙发上，努力让自己那颗不安分跳动的心平静下来。

“燕哥哥，今晚要梦到我哦。”周染衣温柔软糯的声音从楼上传了下来，她关掉灯，身子钻进被窝里，害羞腼腆地窃笑着。

楼下的男人抿嘴一笑，关掉了沙发一边的台灯。

这一晚他果不其然梦到了周染衣，梦中有情深至浓的亲吻……

清晨起来，周染衣探着头往楼下看去，见热腾腾的早餐正摆放在餐桌上，却不见孔春深的身影。

她奇怪地走下楼，听到一楼卫生间里传来潺潺的水声。

周染衣走了过去，门是半掩着的，她轻轻地推开门，见正要找的男人站在洗手池前低头洗东西。

“燕哥哥，你在洗衣服啊？”

突然出现的周染衣把孔春深吓了一跳，他连忙把水里的内裤捞出来藏在身后，关掉水龙头：“你、你怎么进来了？”

还未拧干的内裤湿答答地在他身后滴着水，周染衣探头看了看：“燕哥哥，你怎么不拧干内裤呀？”

孔春深尴尬地咳了一声，见到面前的人儿这张稚嫩美好的脸，便想到昨晚梦中的场景，他的脸突然羞红起来：“你、你先出去吧。”

“需不需要我帮……”帮你拧内裤？

“不需要。”孔春深直截了当地拒绝。

“哦。”周染衣悻悻地退了出去。

见她离开之后，孔春深迅速关上门，锁好，把湿漉漉的内裤甩在洗手池上，大口地舒着气。

这一天孔春深看着周染衣，魂不守舍的。

孔春深快要被自己给弄疯了。

下午的时候他终于忍不住在书架上找了本《金刚经》，跪坐在客厅的桌子前慢慢抄写着，努力让自己静心定性下来。

周染衣不明所以地看着孔春深，歪着脑袋，托着下巴一脸崇拜：“燕哥哥，原来你这么修身养性啊？染衣实在是惭愧，自叹不如。”

此言一出，孔春深写着字的毛笔抖了一下，一撇被他拉出好长。

周染衣自觉无聊地走到书架前，来回看了看，基本都是一些名人名著和戏剧类的专业书籍。

“咦？”突然她看到一本书，眼前一亮。

孔春深安静地抄着《金刚经》，客厅里也安静得异常。刚刚还在他眼前晃荡的人儿也没了人影和声响，他奇怪地抬起头四处搜寻，见书桌前摞着老厚书本的上方探着一个毛茸茸的小脑袋。

孔春深放下手中的毛笔，轻手轻脚地走了过去，见周染衣正低着头在专注啃书，十一趴在她的书旁安静地沉睡。

周染衣看得津津有味，完全没注意到有人到来。

孔春深探了探头，看清楚她正在看的书籍时，大惊失色：“这……”

孔春深突然的出现把周染衣给吓了一跳，她无辜地眨了眨双眼：“怎么了？燕哥哥。”

周染衣在看的那本书，正是某本风月小说。

“你可知你看的是什么书？”孔春深清了清嗓子，一本正经地问。

周染衣点点头：“知道啊，以前阿妈说这是本禁书，没想到燕哥哥这里有，不过这么好吃为什么要禁掉呢？”

“好吃？”风月小说好吃？孔春深不解。

“对啊。”周染衣饶有兴致道，“这里面的美食写得可好了，做一碗茄子要用十几只鸡当辅料，想想都觉得美味，就连里面的药都描绘得看上去好吃极了。”她说着，不由自主地舔了舔舌头。

这本风月小说，有人看到了风花雪月和翻云覆雨，有人读到了错综复杂的人际关系和人类心理学，周染衣却从里面找到了珍馐美味，果然是个名副其实的吃货啊。

孔春深无奈地笑了笑。

·第六章·

舍不得，忘不掉，终不悔

Chunshen jiumeng

孔春深和周染衣带十一去打疫苗，小区门口就有家宠物医院，走过去十分方便。

刚走到楼下，十一便不安分地从孔春深的怀里跳下来，“喵”了一声钻进草丛里。

两个人连忙去找十一，只见它蹲在草丛里，面对着一只橘猫。那只橘猫受了伤，可怜巴巴地瘫坐在草丛里，时不时地舔着脚上血流不止的伤口。

十一回头冲孔春深“喵喵”直叫，仿佛在恳求帮助。

“这只猫太可怜了，我们帮帮它吧？”周染衣问道。

孔春深点点头，朝四周看了一圈，找来一个纸箱子，先安抚了一番橘猫的情绪，然后将它小心翼翼地抱起，放进纸箱里。

周染衣抱起十一。

两人一人一猫，朝宠物医院走去。

医生给橘猫处理伤口，消毒包扎好，并给它打了疫苗，开了一些药，嘱咐好用药事宜。

“不知道它是从哪户人家走丢的？它的主人一定很着急。”周染衣心疼地摸了摸橘猫。

孔春深摇摇头：“这猫瘦骨嶙峋的，不像是家猫，应该在野外生存了很久。”

“那不如我们收养它吧？”

他点点头，正有此意：“正好是个男孩，给十一当新郎。”

十一听懂了孔春深的话，开心地“喵喵”直叫。

孔春深摸了摸它的头：“就那么巴不得嫁出去啊？”

十一又“喵”了声。

“那它叫什么名字好呢？”周染衣歪着脑袋想了半天。

“十一的名字是我取的，它的名字就由你来取吧。”

周染衣想了想，脑海里像支了个电灯泡突然亮起来：“十一是在十月一日捡到的，所以叫‘十一’。这只橘猫是在一月份遇见的，那就叫‘一月’吧。”

“好啊，一月。”孔春深摸了摸橘猫，它有些营养不良，瘦得可怜。

两人将一月带回家，一月刚来到新的环境里有些不适应，警戒地缩着身子一动也不动，像只长满了刺的刺猬。

十一趴在它的身边，“喵喵”叫着，似乎在鼓励着它。

孔春深和周染衣给十一和一月留了单独的空间,忙各自的事情去了。

元旦休假回来，舞台剧又开始进入紧张忙碌的排练之中，距离正式公演只有不到两个月的时间了。

这天正在排练侯少爷迎娶江白鸥的戏。

侯少爷与染娘离婚后，在母亲的逼迫下迎娶了江家千金江白鸥，办的是中式婚礼。

染娘收到请帖后并没有去参加，而是坐在大染缸旁，回想着她和侯少爷成亲那天的张灯结彩十里红装，无语凝噎。

侯少爷本以为用激将法能让染娘回到自己身边，没想到染娘连面都没露。侯少爷在婚礼当天将自己灌醉了，一直呼唤着染娘的名字。众人将烂醉如泥的他抬进婚房里，侯少爷迷迷糊糊地睡去，留下红盖头一直未揭的江白鸥独守空床。

最后江白鸥自己揭了红盖头，一向飞扬跋扈的她感觉自尊心受到了侮辱，气呼呼地抬脚踢了踢睡在地上的侯少爷，嘴里嚷嚷骂着，甚至打算拿起花瓶去砸侯少爷。可是看着侯少爷的脸，她还是忍住了，慢慢地蹲下身来，她终于明白即便自己与侯少爷成亲他也不会爱自己，恍然大悟的她潸然泪下。

扮演江白鸥的吕姬泣不成声，众人都被她的演技给吸引住了，不愧是拿过华语戏剧节最佳女主角奖的影后啊。

吕姬伸出手，轻轻地摸了摸扮演侯少爷的孔春深的脸，她看得入神。

突然间，她低下头，吻了下去。

孔春深感应到唇上落下的吻之后忙睁开眼睛，从地上坐了起来，推开吕姬：“你干什么？”剧本里孔春深和江白鸥根本没有吻戏桥段，吕姬却擅自多情了。

吕姬咬了咬嘴唇：“不好意思，我入戏太深，情不自禁……”

在场的工作人员和参演人员都不由得倒吸了一口凉气，吕姬明显是故意的，在工作室这么些日子，明眼人都能看出她对孔春深怀有好感。

周染衣看见这一幕，原本在舞台另一侧演孤苦无依伤心戏的她，脸立马沉了下来，气呼呼地走到吕姬面前：“你怎么能亲我的燕哥哥呢？”

孔春深从地上站了起来，拉过周染衣，看了眼吕姬，无奈道：“算了，大家先休息一会儿吧。这场戏先跳过，一会儿我们接着往下排练。”

吕姬耸耸肩，一脸的不甘心。

休息室里。

周染衣拿着纸巾给孔春深擦嘴，力气大到感觉要把他的嘴皮给擦破。

孔春深垂眼看到她腮帮子鼓鼓的，一张小脸气得发红，不禁笑了笑。

周染衣把纸巾扔进垃圾桶，摸了摸孔春深的嘴：“燕哥哥的嘴只能让我亲，怎么能让其他女人碰到呢？”

“好好好，我的嘴是你的，都是你的，好不好？”他双手环着周染衣的腰，笑着安慰她。

周染衣踮起脚尖，飞快地在孔春深的嘴唇上如啄木鸟啄木般啄了好几下。

他终于按捺不住地抬起一只手用力搂紧她，另一只手轻轻地托住她的后脑勺。

周染衣的身体向后抵在墙上。

孔春深低下头，炽热的气息在她的脖颈间来回吐纳。

周染衣觉得一阵阵瘙痒，忍不住“咯咯”笑起来。这银铃般的笑声更是勾起了孔春深内心的那团火，他吻上了她的唇，贪婪地摄取着她的气息，慢慢地吸吮缠绕。

休息室的门突然“咔嗒”一下被推开了，容漾漾看到沙发上痴缠着的两个人影瞬间石化，反应过来之后拼命地摆手：“我什么也没看见！”

然后“啪”地关上门。

“燕哥哥，我们被发现了，怎么办？”周染衣温柔软糯地问，却没有任何的紧张与不安。

“那就承认呗。”孔春深笑了笑，轻轻地刮了刮她的鼻子。

大约过了十分钟之后,两人整理好凌乱的衣裳走到了众人的视线前。

容漾漾见到他们似乎还有些惊魂未定，低着头飞快地在笔记本电脑上噼里啪啦打字，佯装在认真工作。

孔春深清了清嗓子，拍了拍手示意众人聚集过来，而后他拉着周染衣走到舞台上，紧紧地牵着她的手，含情脉脉地看着她，转头对众人宣布道：“我跟染衣在一起了。但是希望各位替我们保密，我不希望外界一些不好的东西伤害到她。”

说着，他转过身在周染衣的额头上落下一吻。

众人替他们高兴地鼓起掌，其实大家早就心照不宣了。

只有吕姬，气愤地转身离去，在下午的排练缺席，以身体不舒服为由请了个病假。

周染衣有些担心：“她会不会一生气就罢演了呀？”

孔春深摸了摸她的头：“放心吧，吕姬是个很有职业操守的人，既然签了合同，就会把这部舞台剧演完。”

周染衣点点头，喃喃自语：“希望我们的爱情不会伤害到别人。”

“爱情本来就是会让人受伤的，因为我们的爱情，只能留给彼此。”孔春深将她的手放在胸前，低头亲了亲。

一月的伤口还没拆纱布，总是一动不动地趴在阳台上晒太阳，日暮时看日落，天黑时看星空。

每当这时，十一便也跟着趴在它身边，静静地陪伴着它。

“十一对一月真的是真爱啊！”周染衣感叹道。

“虽然看似是十一在陪伴一月，但其实一月也替十一打消了孤单。”孔春深说，“我们这段时间太忙了，没时间陪十一。现在多了一月，十一便不再那么寂寞了。”

周染衣点点头，凑到他的面前，一张仰起的单纯可爱大脸对着他，眼睛亮亮地索要亲亲。

孔春深无奈地亲了她几下，觉得自己要是再这样克制下去，迟早得憋出内伤：“真是拿你没办法。”

“那燕哥哥什么时候跟我成亲？”周染衣歪着脑袋笑着问道。

正要回答，孔春深口袋里的手机突然振动了起来。

他拿出手机，是吕姬打来的。他皱了皱眉头，按掉，吕姬又不甘心地接二连三打来。

“燕哥哥，你接吧，说不定是有什么急事。”周染衣善解人意道。

孔春深按下接听键，开了免提。

吕姬哭泣的声音从电话那端传了过来，断断续续：“孔春深，你来接我回家好不好？我迷路了，也喝醉了，没人管我了。你来接我，好不好？”

周染衣从未听过吕姬这般撒娇的口吻，她印象中的吕姬总是尖酸刻薄的，像永远高高在上的女王。

“我打电话给你经纪人吧，让他去接你。”孔春深冷静应道。

“等等！你别挂断电话，你听我说……哎呀，你们干吗？”吕姬突然尖叫了几声，随后夹杂着几个男人的调戏声：“哟，这不是大美女吕姬吗？怎么今儿个在这儿碰见了，来陪我们几个哥们喝酒啊。网上不是传给你钱就能睡吗，一晚多少啊……”

孔春深心里一惊，慌张道：“吕姬，你在哪里？把位置告诉我。”

电话那端的吕姬似乎已经与几个男人争执起来了。争执中孔春深听到了一个酒吧的名字。电话被按掉，他连忙给吕姬回拨，但始终没有人接听，又给吕姬的经纪人打了电话，却显示关机。

“燕哥哥，我们快去救她吧。”周染衣也很担心。

孔春深点点头：“我去去就来。”

“我跟你一块儿去。”周染衣拽住他的袖子。

“你乖乖待在家里等我，那里不安全。”

“不！我要跟着燕哥哥。”周染衣怕他这一走便不回来了。

孔春深拗不过，只好捎上她。

两人赶到酒吧时，几个长相猥琐的男人正在粗鲁地拉扯着吕姬不肯放手，孔春深上前毫不犹豫地将那几个男人打倒在地。

一个男人捂着被打的脸看着他：“哟，这小子怎么有点眼熟？”

几个男人冲上前来要围殴孔春深。

周染衣连忙上前一步挡着，张开双臂闭着眼睛大喊：“不许你们伤害燕哥哥。”

男人们见又来了个姿色更美的女人，不怀好意地笑着：“哟，这小姑娘也是演员吗？长那么美。”说罢又往前走了几步。

孔春深将周染衣拉到自己身后，一脸凶相。

最后还好有人早早地报了警，警察及时赶到将那几个滋扰闹事的男人带走了。

看着酒吧里人们举着的手机，孔春深摆了摆手：“请大家别录像拍照，谢谢。”但还是避免不了有些人死皮赖脸地录着视频。

“孔春深，你为什么不爱我？”吕姬见到孔春深，扑到他的身上号嗰大哭起来。

孔春深怕吕姬在这里闹出什么对她形象不好的绯闻，拉住她往外走，和周染衣一起把她塞上车的后座，周染衣也坐了上去。

他开着车，喝得醉醺醺的吕姬还在不停地控诉他不爱她，并伸出手去抓他，好在被周染衣给拦了下来。

“燕哥哥，现在怎么办啊？”周染衣紧紧地箍住吕姬的双手双脚，已经快要支撑不住了。

孔春深想了想，他和吕姬虽然很早就认识，但两人之间的关系并没有亲密到知道她的住址，他只好再次打电话给吕姬的经纪人，还好她的经纪人这回终于开了机：“怎么了？深爷。”

“吕姬在我这儿，她喝醉酒了。”孔春深简短地说道，给经纪人报了家里的位置。

等到把车开进小区时，吕姬的经纪人正准备跨入公寓楼里，孔春深连忙喊住他。

“哎哟喂，我的神哪！”吕姬的经纪人是一个略微有些娘娘腔的三十岁的男人，他把吕姬从车上拉下来。

吕姬却伸手拽住了孔春深，死活也不肯放手：“孔春深，你爱我啊，爱我啊……”

经纪人怕吕姬吵到小区里的住户，连忙捂住她的嘴：“我们先回家，回家啊，宝贝。”

吕姬突然打了个酒精味十足的酒嗝，脸朝向经纪人。经纪人似乎意识到了什么，连忙往后退了几步，并且大喊让孔春深和周染衣闪开。

两人躲到一边。

吕姬一股脑地吐了出来。

尽管经纪人跑得够快，但鞋子还是被沾到了。他气急败坏地跳着脚："啊——我的新鞋子！这可是我最喜欢的樱花粉！"看来经纪人也是有颗粉嫩嫩的少女心的。

孔春深和周染衣忍俊不禁，将吕姬撂在这里托付给经纪人，两人回到公寓里。

关上门之后，周染衣还惊魂未定，走到阳台上探头往楼下看去。

经纪人不知道从哪儿找来一根绳子将吕姬五花大绑起来，然后艰难地把她抱起来塞进车的后座，不知道的人还以为这是一起绑架案呢。

"原来不是每个人喝醉酒都能像燕哥哥那般可爱听话啊？"周染衣晃了晃小脑袋，若有所思道。

"每个人喝醉酒的反应都不一样，有人会安静地睡去，有人会发酒疯，但是他们第二天醒来，一定会后悔的。"孔春深不紧不慢地说道。

"酒真是一个神奇的东西啊。"周染衣想了想，对他甜甜一笑，"燕哥哥，我也想知道自己喝醉酒是什么样子的。"

"不可以。"他可不敢打这个赌，万一场面无法控制那就完了。

"我从小到大都还没喝过酒呢。"周染衣嘟起小嘴，可怜巴巴的。

孔春深知道以周染衣的性子，若是不让她做她是不会善罢甘休的，没准哪天就自个儿跑去偷偷地喝酒了。

他犹豫了一会儿，只好妥协：“等哪天我带你喝吧。但是记住，自己不能偷偷地喝，一定要有我在身边，不然会出事的。”

周染衣点点头，笑得酒窝深深，眉眼弯弯：“我知道了，燕哥哥。”

他无奈地摇摇头，忍不住伸手摸了摸她的脑袋。

“啊对了，燕哥哥，刚刚的问题你还没回答我呢。”周染衣歪着脑袋说道。

“什么问题？”

“你什么时候娶我呀？”

孔春深反应过来，认真答道：“等你的户口本办下来。”

“为什么要户口本呢？”周染衣不解。

“在现代，两个人结婚的时候，要拿着户口本和身份证去民政局办理登记手续，审核过后才会给我们发结婚证。”

周染衣点点头：“原来不是办个婚礼就等于结婚呀，我还以为我们早就结过了。”

“在哪里？”

“在戏里呀，你是侯少爷，我是染娘。”周染衣语气软糯。

“对哟，他们都离婚了，却还没有入过洞房，好像有些不符合逻辑。”孔春深说着，突然坏笑着看向周染衣。

周染衣像是意识到了什么，连连往后退到客厅里，摆摆手：“但我们是活在现实生活中，不是戏里。”

孔春深一步步朝她走近，今天她是无处可逃了：“你刚刚也承认了你是染娘，我是侯少爷。”

“我、我就随口一提。”周染衣的脸瞬间涨红起来，男人的气息逐渐逼近，她“啊呀”叫了一声，跑上二楼。

孔春深嘴边浮起一丝邪笑，追了上去。

周染衣钻进被子里，露出半张脸：“啊，燕哥哥，你别过来……”

“你都爬上床了，还让我别过来？”孔春深悠悠地说道。他慢慢地爬上床，朝周染衣的方向挪去，周染衣缩着身子。

孔春深凑了过去，伸出手爱惜地抚摸着她的头。

周染衣的脸慢慢抬了起来，眨着水灵灵的眼睛羞得满脸通红地看着他：“燕哥哥……”她的嘴唇饱满，鲜艳欲滴。

终于，他忍不住亲了上去。

周染衣沉醉在他的吻里，闭上眼睛。

“我可以吗？”孔春深温柔地问。

周染衣点点头，轻声答道：“我一直都是燕哥哥的。”

这一晚，孔春深睡得很好，不仅仅是因为不用再睡一楼那硬邦邦的沙发了，还因怀里枕着温柔软糯的人儿。

孔春深低头看着女孩，她正安静地熟睡着，睡着的样子像初生的婴儿般美好，他亲了亲她的额头。

孔春深凑在她的耳边问：“还装睡呢？”

周染衣绯红的脸颊看上去可爱极了，她娇嗔道：“燕哥哥，你真坏。”

“喜欢吗？”孔春深笑道。

周染衣的脸更红了，不言语。

“嗯？”孔春深用下巴在她的脸上来回蹭了蹭，他这几天新长出的青色胡楂还没刮，弄得周染衣直痒痒。她笑着，连说了好几个“喜欢”。

听到满意答案才肯罢休，他亲了亲周染衣的额头：“你再睡会儿，我去给你做早餐。”

周染衣点点头，半仰起头，小鸡啄米地亲了一下孔春深的嘴。

孔春深笑了笑，即便不舍，还是从床上爬了起来，走到床尾时，他突然伸手将周染衣身上的被子拉了起来：“我全看见了。”

“啊！”周染衣大叫了一声，抢回被子。

男人大笑着朝一楼走去。

楼上传来周染衣捂在被子里的娇羞声：“燕哥哥，你这个坏蛋！”

两人洗漱完吃过早餐，给十一和一月准备好猫粮后，便去了工作室。

耽搁了些时间，两人到了工作室之后，大家已经自觉地在排练各自的戏了，连昨天喝醉了的吕姬也精神抖擞地在角落里背着台词，见了两人也只是敷衍地微笑，好像昨天什么事情都没有发生一般。

这是孔春深第一次迟到，平日里他总会比所有人早到半个小时，他觉得不好意思，便提议请大家喝星巴克，让容漾漾统计人数和口味下了订单。

“啊，真苦。”周染衣第一次喝咖啡差点吐了出来，“怎么像药一般？”

孔春深笑了笑，往她的咖啡里放了些糖。

周染衣抿了抿，仍觉得苦：“这东西到底有什么好喝的？为什么大家都那么爱喝？”

她看了看四周的人，每个人喝着咖啡时都神情自若。

“不是所有东西都能被大家喜欢的，就像人一样。我们不是神，无法做到被所有人喜欢，如果不爱喝，不用强求。”孔春深说道。

周染衣点点头，将咖啡摆在一边。

舞台剧继续排练，染娘在侯少爷成亲之后等于将自己嫁给了大染坊，她不断改进染布技术。在当时民国政府的号召下，大染坊被评为优秀的民族企业，人们也亲切地称她为“铁娘子”。

染娘乐善好施，一些被染坏的布匹她拿来赠予饥寒交加的穷苦人们，并定期为他们送去食物。染娘的美名很快传遍了整个乌镇，大染坊门庭若市熙来攘往，除了来购买染布的，还有来向染娘提亲的，踏破了门槛。但所有亲事都被染娘拒绝了，她说自己余生的归宿只有大染坊。

侯少爷在与江白鸥成亲之后，便消失在了众人的视线里。他再婚仅仅是为了满足侯老太太的心愿，随后他加入了党组织，满怀着爱国热忱与同志们并肩作战，不久之后却传出他因小人算计被敌人活捉的消息。

侯家倾尽家产，走访各大名府政要想将侯少爷赎出来，无奈这多年来家大业大早已被人觊觎，趁这个机会给侯家设了圈套。侯少爷在狱中被撕票，侯老爷子慢慢沾染上了不好的习惯，加之侯老太太病危，整个侯家处在风雨飘摇之中，岌岌可危。

染娘听闻侯少爷的噩耗哭了几天几夜昏了过去，待她醒来时已是侯少爷的丧礼了。她从乌镇赶过来，拖着虚弱的身子在侯府前徘徊，饮泣吞声。

江白鸥看见了染娘，她含恨笑道：“没想到我最终还是输了，侯少爷在成亲之后根本没有碰过我一下。”

染娘惊讶地看向她微微隆起的小腹。

江白鸥摸了摸肚子，咬牙切齿：“这是侯家欠我的。”

“侯家已经破碎不堪了，你为何还要雪上加霜？”染娘哭着问。

“雪上加霜？呵，我明明是在给他们希望，让他们以为能绵延子嗣。”江白鸥慢慢地凑近染娘的耳边，轻声说道，“还有，侯家今天的这个局面，正是我想看到的。”

染娘大惊失色，江白鸥大笑着转身离去，笑得丧心病狂，仿佛失去理智一般。

战争来临，大部分人的家园被毁、流离失所，纷纷往最内陆的城市或者漂洋过海逃去，染娘却仍旧守在岌岌可危的大染坊里。

南京发生了骇人听闻的屠杀惨剧，大批江苏人逃亡到乌镇，染娘为难民们送去了暖和的布匹和粮食，几乎掏空家产。

大染坊的师傅们熬不住地要离开，染娘知道他们都是上有老下有小的，给他们补发了工资让他们携家人离开。大染坊里最后只剩下染娘和一个年迈孤身的师傅，以及几个陪伴着她长大的不离不弃的家丁。

染娘以为战争的硝烟很快会平息，她日复一日地期盼着盛世太平的到来，没想到这场战争又持续了八年。

这八年里，一个小桥流水人家的古镇在枪声连天和焦臭的烟气中化作满目疮痍。

大染坊在夹缝中求生存，染娘带着大家在硝烟四起时躲入地下仓库里，有时候大染坊的染缸也是藏身的好去处。而昔日在上海名震一时的侯府在日军的扫荡下化为乌有，据说江白鸥自己下了休书，带着一岁大的孩子改嫁了一名日军，夜夜笙歌不断，彻彻底底地成了国家的叛徒。

染娘亲自将苟全性命的侯老太太和侯老爷接到大染坊里悉心照料。侯老太太捶胸顿足，意识到自己曾经对待染娘是多么的不公，对着染娘流下了忏悔的泪水。染娘说："我既然曾经嫁入过侯府，那么您一生都是我的婆婆。"染娘最终陪着侯老太太和侯老爷走完了最后一程，并将他们葬在没有硝烟的太平之地，为他们祈愿来世生在太平之都。

挨到 1945 年的初秋，亡国奴的日子终于结束了。日本投降的消息传到了乌镇。又过了四年，全国解放，新中国成立了，虽然没能一睹天安门前毛主席慷慨激昂的宣词，但举国上下都在欢庆。

乌镇家家户户张灯结彩，欢祝新时代到来的鞭炮声和铜锣声从清晨到日暮地响彻天边。人们穿上最漂亮得体的衣服上街庆贺，走过摇曳着星星点点水灯的绕城河，走过熙熙攘攘的街头巷尾，放飞璀璨的天灯。

染娘望着这一切只觉得悲欢交织，她用侯老太太生前留给她的一些遗产重新修建了大染坊，在大染坊重新开业的那天，在喜庆的鞭炮声中，染娘却仿佛看到了失去一条腿和半张脸的侯少爷，她追了出去，但侯少爷已经消失在茫茫人海中了。

侯少爷当年在狱中并没有身亡，为了掩人耳目他只能改名换姓，不曾再回到侯家。即便侯家最困难的时候他也无法露面，他放下了个人的荣辱，放下了侯家的一切，咬着牙以男儿之躯在战场上冲锋陷阵，战场给他激奋与热血，也给他带来了残缺。即便得以保全一命，他也不愿让染娘看到这样的自己。他自知自己和侯家都愧对染娘，自此隐姓埋名，化为一个哑巴默默地守候在染娘看不见的阴影处。

新工业技术革命在新中国如火如荼地展开，古老传统的民间染布技术被机械化工业所代替，许多人转而雇用工人经营工厂，进行流水化的生产。但染娘不愿，她仍坚持着祖宗传下来的那套手艺，即便客人渐渐稀少。

染娘一度沦落到只能勉强维持生计的地步，但她总能收到一笔来自好心人的馈赠。染娘多次拒绝，最后写了一封信表示感谢与婉拒，结果回信上只有两个字——“祝好”。染娘看着这熟悉的字迹潸然泪下，辗转打听却寻不到寄信人。

虽然日子过得并不宽裕，但染娘觉得只要能够一直太平安宁下去就足够了。大染坊却在后来又经历了一场浩劫，此时的染娘已经年过半百，不想背负上莫须有的罪名，随着大染坊走向败落，染娘也消失了。

“哎，侯少爷怎么能不去见染娘呢？即便染娘知道他变得不好看了，也断然不会嫌弃他啊。”周染衣仍旧对剧本里的侯少爷不大满意。

孔春深笑着答道：“有时候爱情并不是要朝朝暮暮，把记忆留在彼此最美的模样，何尝不是一件好事？”

“可是染衣有一天也会老去啊，那时候燕哥哥还会喜欢我吗？”周染衣嘟着小嘴问道。

孔春深笑了笑，将她额前细碎的刘海撩到耳后：“等你老了的时候，我比你更老呢。你忘了我比你大那么多岁吗？”

周染衣“扑哧”一声笑了出来，继续啃着剧本又歪着脑袋问道：“那最后染娘去哪儿了呢？”

“也许现在还活着吧，也许见到了侯少爷吧。”

周染衣若有所思地点点头：“也许这样开放式的结局才更完美吧，究竟是好是坏交由观众们去想象。”

“终于开窍了。”孔春深用手指轻轻地戳了戳她的小脑袋。

没想到周染衣突然暴躁得很，抓住孔春深的手指狠狠地咬了一下，孔春深痛得叫了一声。

而当容漾漾推开门打算叫他俩回去排练时，见到的便是这样一番不可描述的景象。

周染衣的动作定格在含着孔春深的手指。

孔春深的手指上还沾染着唾液。

容漾漾飞快地在大脑里理好思绪，呆愣地说了一句“我走错了”之后快速地关上门。

孔春深和周染衣相视，然后哈哈大笑起来。

“你真坏，燕哥哥。”周染衣娇嗔道。

孔春深腹黑一笑，伸手环上周染衣的腰，转身领着她走出休息室。

这一天排练结束后，孔春深只想带着周染衣快点回家。周染衣却提出想去看场电影和吃顿好吃的，孔春深回道：“家里也可以看电影和点外卖。”

周染衣突然领会到他回家的执拗，歪头羞涩一笑：“燕哥哥莫不是想着快点回家吃染衣吧？”

被周染衣猜中心事的孔春深无可奈何地笑了笑：“那你愿意当我的盘中餐吗？”

“讨厌！”周染衣挥着小拳头朝男人身上捶去，力道很小，不痛，反倒像在挠痒痒。

正当两人打情骂俏着，吕姬走了过来，看着孔春深：“能跟我单独聊聊吗？”语气认真。

孔春深看了眼周染衣，周染衣慢慢放开了拽着他袖子的手：“燕哥哥，你去吧。”

他点点头，轻轻地拍了拍她的胳膊：“乖乖在原地等我，我一会儿就回来。”

周染衣“嗯”了一声，露出浅浅的笑容。

“昨天是我喝醉酒失态了，对不起。”休息室里，吕姬郑重其事地道歉。

孔春深摆摆手："我和染衣都没有放在心上，你不用太介意，好好表演就可以了。"

吕姬想了想，仍有些不甘心地想得到一个明确的回复："你跟周染衣，是同居了吗？"

孔春深点点头："等舞台剧巡演结束，我和她就去领证。"

"可是你真的了解她吗？你知道她的过去吗？你去见过她的家人吗？"吕姬一连串问道。

"她父母已经走了。"孔春深原本不想回应吕姬。

"我不是听说她还有个姐姐……"

孔春深打断吕姬的话："她没有姐姐。"

他不愿再与吕姬纠缠下去，转身大步推开门走出去了。

吕姬看着男人离去的背影，按掉手机的录音键，脸上扬起一抹意味深长的笑容。

周染衣仍在原地等着，看到孔春深从后台走出去，蹦蹦跳跳地跑了过去，挽起他的手："燕哥哥，走吧，我们回家。"

孔春深看着她一脸欢喜的模样，奇怪道："你不想问问刚刚吕姬和我聊了什么吗？"

周染衣摇摇头："我相信燕哥哥，就像我知道自己一直爱着你。"

孔春深被她甜到，笑了笑，紧紧地握住她的手："走吧，我们去看电影。"

"咦？你不是说回家吗？"

“我们去看场不一样的电影。”

两人买了一堆炸鸡、啤酒打包带走，孔春深开着车来到一个空旷的地方。前面已经停了几辆各色的汽车，空地的中央高高地架着一个白色的屏幕。

“燕哥哥，你不是说看电影吗？”周染衣探着小脑袋左看右看。

孔春深指了指前方的白色屏幕：“哪，那就是电影，而我们坐的车子就是座位。”

反应过来的周染衣啧啧夸赞：“哇，好棒呀，而且还能大口大口地吃东西，也不会吵到别人。”

孔春深替她打开啤酒：“我要开车，就不喝了。你不是一直都想喝吗？”他给她买的是浓度最低的调制果汁酒。

“原来我说的事情燕哥哥都记得。”周染衣惊喜地接过啤酒，喝了一口，“这味道和果汁好像啊，原来啤酒那么好喝。”

她一边喝着，一边拿起炸鸡啃着。

孔春深看着周染衣吃得津津有味的模样，忍不住笑了笑，摸了摸她的头。

此时夜晚已经悄无声息地来临了，紫黛色的天空上涌动着几颗亮晶晶的小星星，星空下的白色帷幕开始放起了电影，是与影院同步上线的动画片《白蛇：缘起》。

捕蛇村枫叶似火，袅袅动人的白蛇遭到国师追捕，坠入河中被捕蛇少年许宣救起。白蛇遗忘了所有的记忆，以人的身份和许宣相处，两人渐生情愫。

一段世所不容的人妖殊途恋缓慢展开。

他说：“人间多的是两条腿的恶人，长了条尾巴又怎么样？”

她说：“无论他在世间何处，无论他是何模样，无论他还记不记得我，我都要找到他，因为我记得。”

最终百年修得同船渡，千年修得共枕眠。

浮生掠过，温存犹记，熟悉的油纸伞下，蒙蒙烟雨的西湖，断桥依旧。

许宣捡到了白蛇落下的珠钗，白蛇转身看到这张熟悉得不能再熟悉的脸庞，抿嘴一笑，唤了声“官人”。

周染衣看到这里时禁不住潸然泪下，孔春深突然有些后悔带她来看爱情片了。他最见不得她落泪的模样，哪怕是因为感动。

“他们的爱情太感人了，原来当爱情真的存在的时候，世间是没有什么东西可以打败的。”周染衣喝得微醺，“染衣也从未想过能从民国穿越来到燕哥哥的身边，也许一切都是缘吧。”

孔春深拿起纸巾替周染衣抹去眼泪：“我们的相遇是那么神奇，或许是冥冥之中安排好的，无论天南地北，无论远古今朝，只要是注定相遇的人，就总能遇见，因为一种叫爱情的东西。”

周染衣破涕为笑，头靠在他的怀里。

孔春深低头亲了亲她。

前世今生，爱你如初，缘起了，便一往情深。

如果这个春天寻不到你，我便等到来年的春天，因为樱桃会再红，芭蕉会再绿，草长莺飞的八荒四海，你总会在某个锦簇花团前等我唤你清浅一笑。

舍不得，忘不掉，终不悔。

·第七章·

两人两猫，一家四口

Chunshen jiumeng

临近过年，上海变成了空城，往常堵得水泄不通的马路空空荡荡的，以往繁华的街市只零零星星地开了几家店。

孔春深的工作室放了一个星期的假，大家在收到放假消息的当天便订好机票火车票回家了。

“燕哥哥的老家在哪里呀？”

“就在上海。”孔春深应道。

“那燕哥哥什么时候带染衣去看看叔叔阿姨？”周染衣歪着脑袋，眼睛亮亮地问道，她好像从未听孔春深提起过他的家人。

“他们已经不在了，至于什么时候不在的我都忘了。十三岁那年我发生了一次意外，醒来后十三年的记忆荡然无存。人们说我是孤儿，我便相信了，因为我根本不记得父母是谁，甚至忘了我自己是谁。”孔春深的表情颓然。

周染衣的眼神黯淡了下来，她没想到原来她的燕哥哥也是跟她一样失去了父母的可怜人："那燕哥哥现在还想不起来吗？"

孔春深摇摇头："想不起来了。"

周染衣伸出手抱了抱他："没关系的燕哥哥，你还有染衣这个亲人呢。染衣会一直陪伴你的，哪怕有一天你记不起染衣了，染衣也会帮你找回记忆的。"

孔春深笑了笑，摸了摸怀里周染衣的头。往常一年之中他最害怕的节日便是过年，应该阖家欢乐的日子他却孤身一人无家可回。

而今年的冬天，有了她的相伴，他不再觉得上海的春节漫长而寒冷了。

"燕哥哥，你以后想生几个孩子呀？"周染衣抬头问道。

孔春深想了想："两个，女孩像你，男孩像我。"

"可万一是两个女孩或者两个男孩怎么办？"周染衣又问。

"如果是两个女孩的话，我一个大男人保护你们娘仨；如果是两个男孩的话，由我们父子仨保护你。"孔春深低头亲了亲周染衣的额头，口气温柔。

"嗯嗯嗯。"周染衣用力地点点头，眉眼泛开盈盈的笑意，如春天盛开的桃花，"以后家里热闹了，燕哥哥便不会感到孤独了。"

孔春深笑了笑，忽地陷入沉思之中，曾经他以为犯了错的自己不会被上天原谅，这一生都无法遇到良人。他以为自己会永远地茕茕孑立形影相吊到老。

所以在那件事情发生之后，他从不曾渴望和期盼过爱情的出现，他自知不配。

孔春深紧紧地拥住周染衣，仿佛她是上天的馈赠一般宝贵，若是失去了她，自己活着也没有什么意义了。

大年三十，孔春深和周染衣没有下馆子，两人在客厅里张罗着自助小火锅，十一和一月也过来凑热闹。

一月的伤口已经完全愈合，慢慢适应了新家的环境，每天和十一耳鬓厮磨，好不亲密。

两人两猫，一家四口，倒也其乐融融。

周染衣神秘兮兮地从衣柜里取出一个长方形的小盒子，递给孔春深："燕哥哥，这是染衣送给你的新年礼物，新年快乐！"

孔春深惊喜地打开，里面是蓝印染布做成的领带，印花有些熟悉："这是你自己做的？"

周染衣点点头："那天我不是在台上演示了一段我自创的染布技术吗？那块布料被我做成了领带。"

"难怪排练时一到休息的时间，你就往化妆间里跑，原来是做领带去了。"

周染衣将领带拿起来，给他系在脖子上，这是她跟容漾漾学来的系领带方法："我们那个年代的女子，针线活难不倒我们的。"

孔春深心里一阵柔软，亲了亲周染衣的额头。

他平日里最喜欢穿白色衬衫加细纹背带裤，配上一条蓝印染布领带，多了几分复古和民族的韵味。

“我的燕哥哥好帅啊。”周染衣眼睛亮亮的。

孔春深用鼻尖蹭了蹭她的鼻子，惹得她“咯咯”直笑。

电视里放着央视《春节联欢晚会》，在周染衣这个吃货的眼里，《春晚》就是厨艺节目，红红火火的迎新舞被她看成了大火锅，女孩们穿着的绿罗裙被她看成了粽子，百花齐放的阵容被她看成了冰激凌、甜甜圈，还有腊肠、比萨、月饼、水煮鱼、北极贝、生菜……

两人一边吃着火锅，一边吐槽《春晚》，孔春深转头看着笑得乐开怀的女孩，肆无忌惮的笑容让整个客厅充满了欢声笑语。他把脸凑了过去，在她的脸颊上重重地“吧唧”亲了一口。

愣了几秒反应过来的周染衣用手擦了擦脸：“啊，好油，都是火锅味！燕哥哥你洗干净再来亲我啦！”

“遵命。”孔春深还真就跑到卫生间里认真刷牙洗漱去了。过了一会儿，他屁颠屁颠地半跪在周染衣的面前，呼了口气，满是牙膏的薄荷味，“我洗好了，求赐吻。”

周染衣看着他这副顽皮耍宝的模样，笑了笑，嘟起嘴亲了过去。

“染衣的嘴也好大一股火锅味呢，可我不嫌弃。”孔春深嘻嘻笑着，伸出双手横抱起周染衣往二楼走去。

“啊！我的火锅还没吃完呢！”周染衣挣扎着。

“一会儿再回来吃，火锅什么时候吃都可以，但有件事情现在就得办。”孔春深将周染衣放在床上，用高大挺拔的身体扣住她，不让她乱跑。

周染衣的小拳头噼里啪啦地落在男人的身上。

孔春深腹黑一笑，扼住她的手腕，看着她美丽粉嫩的脸颊亲了下去。

楼下电视里的《春晚》还在继续。

在这阖家团圆的日子里，仍有一个人形单影只着。

吕姬打开电视，换了好几个台都是热热闹闹的《春晚》，她嫌太喧闹，索性按下了关机键，电视屏幕一黑，她将遥控器随手放在桌子上。

她像虾米一般蜷缩在沙发上，拿起手机。

噼里啪啦的过年祝福短信发来，全是一些制片人和导演的流程式寒暄。她拉着聊天列表往下翻，看到谷先生发来的未读短信，打开对话框，是谷先生转账过来“5200”，后面跟着一句简单的祝福“新年快乐”。

吕姬并没有收下，而是点开他的朋友圈，竟是一条横线。

“呵。”她自嘲地笑了笑。

她退了出来，打开孔春深的对话框。向上翻聊天记录时，她发现每次聊天，自己一连发过去好几串话语，孔春深总是淡淡地回复“好的”“嗯”“是的”，客气至极。

她看着看着，眼泪不自觉掉了下来。

吕姬回过神来，准备关掉手机，屏幕又亮了起来，是母亲发过来的问话，问她今年过年也不回来了？

她想了想，打字：爸爸怎么样了？

“跟几个老友在客厅看《春晚》呢。”

“你要是有空就回家看看，你爸爸其实也想你。”

……

看着母亲发过来的话，吕姬哭得越发厉害了，她不是不想回家，而是无法回。

当年她一意孤行要考戏剧学院争当演员，父亲是第一个反对的，认为女孩子在戏剧圈里混迟早要被染黑的，可是吕姬靠着一根筋的执拗坚持了下来。即便这么多年来她在戏剧圈里终于崭露头角，一连夺下了好几个最佳女主角的奖杯，被封为“戏剧女王”，可是父亲仍旧不接受她。

每次她回家，街坊邻居们关注的永远是她那些满天飞的桃色绯闻，父亲也一度将她扫地出门：“既然做了演员，就别再回来了！我没你这个女儿！”

她是如此倔强，在演员这条路上越走越远，撞了南墙走到黑也要咬咬牙继续走。

如今她得到了所有她想要的成就和光彩，可是真正在乎她的人却寥寥无几。她爱的人都不爱她，说爱她的人不过是虚情假意享受一时的欢愉，需要的时候不知道跑哪儿去了。

吕姬长长地叹了口气，她抹了抹眼泪，走到柜子前取了瓶红酒，将酒倒入高脚杯中，举起红酒对着落地窗外的东方明珠塔干杯：“新年快乐！”

说完，她饮尽了杯中酒，神色黯然。

春节，孔春深带着周染衣回了趟乌镇。古镇老街上高挂着五颜六色的彩灯，还有热闹的舞狮表演，来来往往的游客络绎不绝，整个古镇洋溢着浓浓的年味。

周染衣原本在看到大染坊破壁残垣上那大大的“拆”字时，心里有几分难过，但又很快被古镇炽热纯朴的民间过年风俗氛围所感染，变得满心欢喜起来。

前两次都是因工作而来，这次终于可以好好地游玩一下了，周染衣凭着记忆拉着孔春深来到一处古戏台前。

“没想到这个戏台还在。”她喃喃自语。

孔春深陪她在风里站着，来看花鼓戏的游客大部分只是拍个照留个念便走了，真正驻足认真欣赏完一场的并不多，加上天气寒冷，没有人愿意杵在风里瑟瑟发抖。

一位擦着白面、化着浓妆的戏子掀起台前的幕帘缓慢走了出来，穿着深蓝色的戏服，头戴黑色的圆帽，开口唱道：“庵堂里面来相会……”

原来是扮小生的女儿身，嗓音圆润，掷地有声。

台上的女子看到了周染衣，微微一愣，差点忘了词，又立马急中生智地接上，继续唱着。

唱腔娓娓道来，将一段凄美的爱情故事演绎得百转千回。

周染衣摇头晃脑地听着，孔春深看着她笑了笑，觉得有个民国女友真好。她不骄不躁，像那个时代的大家闺秀一般落落大方，热爱传统，热爱古味，热爱着那些让时间都能变得很缓慢的东西，也让快速往前走的孔春深脚步放缓了下来，去享受那些慢时光里酝酿出来的美景美物。

一曲花鼓戏演罢，台上的女子提着蓝色的长袍匆忙走下台来，颤巍巍地来到周染衣面前。

孔春深这才看清厚重的妆容下原来是一位面似靴皮的老人。

“你……你是周染衣？”老人盯着周染衣的脸，欣喜又惊讶。

“你是？”周染衣感到困惑。

“你不记得我了？你以前最爱来听我唱的花鼓戏，还老是送给我一些染好的布匹做戏服。”老人和蔼地笑了笑，一张历经沧桑的脸不自觉地布满了欢喜的泪水，“对不起啊，我可能是认错人了吧。你长得实在是太像染衣姐了，但怎么可能呢？染衣姐若是还活着，恐怕也有百岁了，怎么还能如此年轻貌美？”

“我……确实叫周染衣。”周染衣怔了怔，回道。

“这位奶奶，您可以跟我们说说您所认识的周染衣的故事吗？”孔春深也想一探究竟。

老人抹了抹眼泪，点了点头。

孔春深和周染衣随着老人来到古戏台的后台，这里是间老旧的小木屋，屋子里杂乱地堆放着戏服、化妆品和道具。

老人在一张木椅上缓缓坐下，孔春深和周染衣坐在她面前。

看着周染衣的脸，她想了想，缓缓说道：“我这记忆力有些不大行了，我就把我能记得的都说出来吧。

“那是 1959 年的春天，我来到了花鼓戏戏剧团。那时候花鼓戏在民间很流行，我们一个团就有 30 个人哩，每次演出啊，台下挤满了听戏的人，男女老少都有，里三层外三层的。我们这些唱戏的在台上看着，可自豪了。

“我就是在那时候认识的周染衣，我的每次演出她都会来捧场，百听不厌。那时候她已经是个 47 岁的女人了，却仍旧美得很有风韵，你甚至看不出她脸上的细纹，她真的太美了，就跟你现在一样美。”老人笑了笑，继续说道，“其实我来戏剧团之前就已经听街坊邻居说过她的事情，她的一生也很是传奇啊。她是我们镇上大染坊家的千金二小姐，后来家道中落，父母离世，舅舅舅妈抢夺了染坊。她本来背负了杀害亲生父母的罪名，要被家族长老们扫地出门的，后来来了一位男人，据说是她年幼时的青梅竹马，燕少爷。”

“燕少爷？燕哥哥？”周染衣和孔春深听到这个名字，相视一眼。

老人点点头：“其实我也没见过燕少爷，但我听说他是个值得托付的男人。他替染衣姐洗白了冤屈，大染坊也终于回到了染衣姐的手里，两人后来成了亲，办了场盛大的婚礼。

“可是不久，抗日战争就要打响了，染衣姐这才知道原来平日里经常好久不回家的燕少爷是名赤胆忠心的爱国革命者。山河破碎风雨飘摇，国难当前，她又怎么可能为一己之私顾及儿女情长？

“于是她含泪送燕少爷奔赴前线，可是这一走啊，燕少爷再也没回来过。”

“燕少爷后来死了吗？”周染衣问。

老人摇摇头：“我也不清楚，但染衣姐为他守了一生，一直在大染坊里苦苦地等待着他。我遇见染衣姐的时候新中国都成立十年了，她也没有等到燕少爷。她跟我说，燕少爷跟她说过一句话。”

老人看了看周染衣，又看了看孔春深说道：“那句话便是：‘我会在春天里回来的。’所以她就这样等了一个又一个春天，等到花开花谢又花开，至死不渝。”

“那周染衣现在在哪儿？她……还在世吗？”孔春深深吸了口气，他没想到老人口中的周染衣一生命运跌宕起伏与他所写的染娘故事几乎如出一辙。眼前的老人分明不像在说谎，也更不可能看过还未开始巡演的《染娘》舞台剧。

老人的眼神黯淡下来：“后来大染坊遭了难，染衣姐背上了莫须有的罪名，有人说她被关进了监狱，有人说是回来的燕少爷把她带走了。

“总之，染衣姐后来就消失了，消失在众人的视线里。而今大染坊遭遇了场火灾变得破败不堪，也面临着拆迁，关于她来过这世界的印记正在一点点地消失。”

“那姐姐呢？”周染衣又问。

“姐姐？你是说大染坊的大小姐周染芷吧？”

周染衣点点头。

“她啊，好像一直没有音信，就跟凭空消失了一样，染衣姐也找不到她。”

老人说完，看了看墙上挂着的老钟的时间，叹了口气，她拿起眉笔将小生的眉毛化得更高更宽一些：“好了，休息完半个小时，我又该上台表演了。”

她说着，视线舍不得从周染衣脸上挪开：“真是太像了，我没想到这辈子还能遇见那么像染衣姐的脸，或许是上天垂怜吧，不忍让这样一副绝世之容就这样消失。”

老人站起身来，脚步飞快地拉开帘幕走上戏台，台前又传来花鼓戏的声音：“庵堂里面来相会……”

周染衣沉浸在老人诉说的故事里久久无法自拔，眼神有些呆木：“所以，这就是我的命运吗？原来跟染娘那么像啊？可如果那是周染衣的话，我又是谁？”

“你是我的周染衣。”孔春深伸出手，捧着她的脸颊，“燕少爷对染衣说过，会在春天里回来，所以你不就遇见我了吗？”

“可是我们遇见的时候并不是春天啊，那是十月份，是秋天。”周染衣纠正。

“那可能是因为太心急了吧？等不到来年的春天了。”孔春深把她轻轻地拥入怀中，“我们要在每一个春天里相爱着，这份感情，直到四季在这个世间销声匿迹，否则，我对你的心意永远也不会改变。”

周染衣点点头，眼角流下泪水，想起《上邪》里的话：

我欲与君相知，长命无绝衰。山无陵，江水为竭，冬雷震震，夏雨雪，天地合，乃敢与君绝。

年后投资人约了孔春深吃饭，并嘱咐他一定要带上染娘的扮演者周染衣，庆祝即将开始的舞台剧全国巡演。

孔春深给她来回挑了好几件衣服，周染衣来回换着清一色的素色衣服，不明白这几件衣服有什么不同。

孔春深只是想让她不那么出彩，不然那群老狐狸肯定要戏弄一番。可是哪怕白纸穿在她的身上，她的美仍是藏不住的，最后孔春深挑了件白色及膝的长毛衣。

一夜醒来，初阳照积雪，色如胭脂水。

傍晚，孔春深带周染衣来到酒楼的包厢里。

谷先生和吕姬已经在里面等候了，吕姬是谷先生教学二十多年中最满意的学生，两人的关系颇为亲密，吕姬也总是在大大小小的获奖感言里提及感谢谷先生的栽培之恩。

周染衣褪去了白色的毛呢外套，乖巧地坐在孔春深身旁，孔春深故意让她坐在自己和吕姬中间的空位上。

“都准备好了吧？”谷先生看向周染衣，笑眯眯地问道，“舞台剧。”

周染衣本不想搭理他，但出于礼貌还是点了点头，回了句“嗯”。之后无论谷先生说什么，她都只是“嗯”“哦”“好的”回答，谷先生自讨没趣，便不再故作热络地与她搭话。

孔春深抿嘴偷笑，对周染衣这种对不喜欢的人便高冷相待的性格喜欢极了。

几个投资人陆陆续续来到饭局，与谷先生和吕姬亲热地打过招呼后，目光便落到周染衣的身上："哇，我们的染娘果然美啊。"

"是啊，真美。"

"美呀，大美女一个。"

……

几个投资人相互附和着，除了说美，好像已经词穷了。

谷先生晃了晃手中的酒杯，戏谑道："瞅瞅你们平时头脑都用在经商赚钱上了，语文也不学好，这叫'手如柔荑，肤如凝脂，领如蝤蛴，齿如瓠犀，螓首蛾眉，巧笑倩兮，美目盼兮'。"

不知为何，明明是十分优美的《诗经》里的话，被谷先生念出来，却多了几分文不对意的油腻感。

谷先生说着，隔着吕姬向周染衣举起酒杯："周小姐听完我的这番赞美之词，是不是应该喝一个呀？"

周染衣愣了愣，孔春深连忙替她挡酒："她酒量不是很好，我替她喝吧。"

"这怎么能行呢？谷先生的酒，一定要本人喝，哪怕过敏都得喝。"其中一位姓孙的投资人说道，另一位姓朱的投资人已经斟了杯白酒放到周染衣面前："请吧，周小姐。"

还有一个投资人便是谷先生提及过的裴总，他虽然不说话，但凭他坐在那里的架势以及另外两个人对他的巴结，就连谷先生都有几分谦让，便能看出他在这场饭局里的重要性。

周染衣自知这是场针对她的鸿门宴，不愿让孔春深为难，于是利落地拿起酒杯，在他还没来得及拦下时一饮而尽。

这一杯白酒下肚，周染衣便有些上脸了。她原以为自己酒量甚好，那天在汽车电影院喝了那么多酒都没事，但她没分清，那时候孔春深给她喝的是酒精度只有百分之三的果汁酒，而今天这杯白酒酒精度高达百分之五十。

孔春深蹙眉，饭桌之下轻轻地握住了她的手，小声问："你还好吧？"

周染衣点点头，安安静静地坐着，她看着对面三个投资人，已经扭曲成《西游记》里面目狰狞的妖怪了。

"周小姐跟谷先生喝过了，还没跟我们的裴老板喝过呢。"姓孙的又开始搞事情。

"她已经喝醉了，你们就别再勉强她了吧。这杯酒我替她喝。"

孔春深给自己倒了一小杯白酒，正要端起来喝，却被身边的朱总直接拦下："谷先生的酒都喝了，裴老板的酒怎么能不喝呢？做演员的，可不能这么不懂规矩。"

"我喝。"周染衣小声地说道，将孔春深那杯白酒抢了过来，喝了下去，只觉得喉间火辣辣地疼，胃里不停地翻滚。她皱着脸，然后推开凳子跑了出去。

"我去看看她。"孔春深连忙追了出去。

周染衣趴在卫生间的马桶上大吐，好在这个时候卫生间没人，孔春深也顾不得那么多，他进了女卫生间，半蹲在她身边，一只手拍着她的背，另一只手用纸巾给她认真地擦嘴。

周染衣仰起头，两眼水汪汪的："燕哥哥，为什么今天的酒这么难喝？"

"因为你喝的是恶心人递过来的酒，只有跟喜欢的人一起喝的酒，才是好喝的。"孔春深温柔地说道，摸了摸她的脸，"对不起，是我没保护好你。"

周染衣摇摇头："那些人在我眼里都是吃人的怪兽，只有燕哥哥、燕哥哥你是好人。"喝醉酒的她语气仍旧软糯如粥。

孔春深笑了笑，亲了亲她红扑扑的脸颊。

好不容易搀扶着周染衣回到包厢里，孔春深站在门口，说道："她已经喝醉了，我送她回去。"

"哟，这么一个大美女就让你一个人霸占了去？"姓孙的又话痨道。

孔春深顿了顿，清了清嗓子一本正经道："有件事情忘了告诉大家，周染衣是我的女朋友，所以她若是有什么做得不够周到的地方，请你们海涵，我来替她承担。"

一个包厢的人皆愣住，呆若木鸡。

"那么，我们就先告辞了，下次我请客作为赔罪。"孔春深不给他们回话的机会，扶着周染衣离开了。

包厢的门渐渐合上。

吕姬坐在原地表情凝重，孔春深一向自持清高，对待不喜之人不会刻意讨好，但还是第一次见到他会为了一个女人真的摆出脸色来。看来，孔春深是真的坠情不浅，她抿了抿嘴，有些不甘心，端起桌上的酒杯一饮而下。

谷先生反倒觉得有趣至极，一脸笑意盈盈。

朱总气急败坏的声音从包厢里传来："这个姓孔的摆那么大架子给谁看？裴总，这样的人您还要投资他？"

"燕哥哥，他们会不会一生气就不投资了？"还未走远，听闻这话的周染衣担心地问。

"放心吧，舞台剧马上就要巡演了，他们也不傻，也是看清了我的实力和潜力才投资的。他们都是生意人，不会为了这点破事毁了一桩好生意的。"孔春深耐心地解释着。

周染衣把头靠在他的胸膛上，只觉得晕乎乎的，天地都在旋转。她什么也抓不到，什么也得不到，唯一能依靠的只有孔春深。

三月开春，倒春寒的冷空气袭来，上海淅淅沥沥地下了好几天的小雨，魔都氤氲在一片烟雨朦胧中。上海的初春便是这么奇妙，一朝春雨，落叶遍地，好似秋天，明明天青色如江南水乡，却带来深秋的冷肃。

舞台剧《染娘》巡演第一场定在上海大剧院，大年初七的零点正式售票，一夜之间所有票均被抢光，黄牛倒卖的票价据说已经炒到了三千，还是靠后排的位置。

周染衣换上了染娘的服饰，这部舞台剧里染娘的服饰多达六套，烦琐又奢华至极。这场舞台剧，除了催人泪下的爱情故事，剧中精致的服化道完全还原了民国的风情，可谓用心良苦。

周染衣在上台前默念了无数遍：“我是染娘，我是染娘……”

待帷幕渐渐拉开，她深吸了口气，吐气，入戏，凝神。

她再次睁开眼时，仿佛回到了她最熟悉的民国时期和大染坊。

蓝印花的染布漫天飞舞，年方十八初长成的染娘回眸一笑百媚生，她在最美的年纪遇到了留洋归来的侯少爷，从此一坠情海终不悔。

在大染坊里无忧无虑长大的染娘不知外面的世界早已风雨飘摇，思君如流水，何有穷几时，她用纸短情长与徘徊在枪火边缘的爱国革命者侯少爷诉说怀春少女的心事。受伤的侯少爷为寻求庇护躲进了大染坊，染娘将侯少爷藏匿于大染缸中，每天偷偷跑来给他送食物和聊聊天，两人如胶似漆。

很快街坊邻居开始谣传染娘包养小白脸，侯少爷为了给染娘一个交代，在春天里迎娶了她。两人办了一场声势浩大的西洋婚礼，染娘一袭婚纱，俏丽若三月之桃，倾国倾城。

但朝夕相伴的日子并不长久，婚后侯少爷继续投身于救亡图存保家卫国的革命事业中，失去了庇佑的染娘一入侯府深似海，她处处遭到从小暗恋着侯少爷的江家千金江白鸥的算计。侯府里的人没有一个对她有好脸色，就连下人也冷落她。

染娘知道在国难面前，家中琐事何足挂齿，她只能把所有的委屈都往肚子里咽，在侯少爷面前永远是笑靥如花的无忧模样。直到她失去了第一个孩子，才终于将所有的伤心发泄了出来。这时候的染娘变得憔悴无比，明明只是过门不到一年的新娘，却惨淡如丫鬟。她一身为祭奠还未出世孩子的素衣与府中的绮罗珠履格格不入，染娘和侯少爷也在隔阂中渐行渐远。

后来染娘的父母被洋人所害，对染娘来说更是雪上加霜，为守住大染坊含泪与侯老太太做了笔交易，只要侯家驱走洋人保住大染坊，她便与侯少爷离婚。而侯少爷在侯老太太的挑唆下以为染娘另有所爱，只好放她走。

离婚后的染娘将全部身心放到经营大染坊上，大染坊在染娘的打点下门庭若市，加之当时的民国政府大力扶持纺织产业，大染坊被评为优秀的民族企业。

可是不久后却传来侯少爷再婚的消息，对象正是江白鸥。侯府张灯结彩的那天，染娘静静地坐在大染缸旁，在翻飞的蓝印花布里忆着她和侯少爷结婚那天的盛世光景。从清晨到日暮，那是值得她用一生去回味的南柯一梦。

与江白鸥成亲后的侯少爷在新婚之夜过后便消失在众人的视线里，他加入了共产党组织。等侯家再次听到他的消息时，已是他被抓入狱中了。侯家倾尽家产想将他救出却反遭算计，加之江白鸥因爱生恨的报复，侯家一代名门望族从此逐渐没落下去，在历史的洪流中苟延残存着，侯少爷从此也杳无音讯了。染娘听罢为侯少爷穿戴了三天的素衣和白花。

抗日战争的硝烟从东北渐渐席卷全国，从上海蔓延到了大染坊，染娘仍坚定不移地守护在大染坊里。她停止了染坊的经营，却仍和留下来的师傅坚持染布，他们把布匹和粮食送给难民，在战争中救死扶伤，大染坊成了他们最好的藏身之处。善良的染娘还好心收留了侯府中存活下来的人，侯老太太悔不当初，在临死前将侯家剩余的财产给了染娘。

染娘和大染坊在乱世中坚强地活了下来，撑过抗战结束，迎来了新中国成立，染娘目睹过繁华盛世，又亲眼见证过它被日寇毁灭的空前劫难，只觉得悲欢交织，鲜明如昨。

她仿佛还记得那年的春日，她穿着阿妈用蓝印花布给她做的新衣裳，撑着油纸伞犹如雨中的丁香姑娘走在小巷的青石板上；她还记得和侯少爷在一起时，侯少爷最爱看着她嘴边的酒窝漾出轻轻浅浅的笑。可是后来，侵略的战火中，山河破碎，家破人亡，青石板被无数无辜的鲜血沾染冲刷，战争带走了侯少爷，带走了她的无忧岁月和太平盛世。

染娘重新修建了大染坊，新技术飞速发展，传统古老的染布技术被机械化所代替，她却仍旧坚持着手工染布，即便赚得不多。她在余生里来来回回撞见过好几次像侯少爷的人，可是每次拔腿追出去几步，他便消失在茫茫人海中了。染娘知道侯少爷会回来，她一直在等，守着大染坊，守着大染缸，守着来年的春天等呀等。

染娘最终没有等到侯少爷，而是随着大染坊的没落，慢慢消失了。

周染衣将一代染娘的命运沉浮演绎得淋漓尽致，通过染娘悲欢离合的身世与自强不息的坚韧品性谱写了大染坊由兴到衰的传奇，展现了大染坊民族企业在历史变革浪潮中一路的坎坷与艰辛。

《染娘》舞台剧的首演临近尾声，等帷幕再次拉开谢幕时，周染衣听到来自上千人的掌声，排山倒海，气势如虹。她欣喜若狂地看向身边的孔春深，不可置信："燕哥哥，我们成功了吗？"

"嗯，你很棒。"孔春深笑着对她说道，舞台上扮演侯少爷的他完全被周染衣的情绪所感染，不自觉地被带入戏中。

首演结束后，各家媒体举着长枪短炮在贵宾厅里等候着。

演员们都脱了戏服换上平常的衣服出来。

孔春深让周染衣的手搭在自己的手臂上，轻轻地拍了拍她的手背，示意她不要紧张："一会儿媒体的采访主要由我来回答，你在旁边静静地待着，或者回答是或不是就可以了。"

周染衣点点头，深吸了口气，跟着他走进贵宾厅里。

两人一进到贵宾室，"咔嚓咔嚓"的镜头便对准他们拍了过来。媒体们更多的关注重点放在了染娘的扮演者身上，甚至多过了戏剧女王吕姬，这让被冷落在一旁的吕姬心里暗暗不爽。

"深爷，请问您是在什么样的契机下邀请周染衣小姐来出演染娘一角的呢？"待几人落座后，记者们开始提问。

孔春深笑了笑，迂回地答道："我觉得一切都是冥冥之中注定的，你们不也看到了吗？染衣的表现很棒，甚至完全超出了我之前对于染娘的期待。”

“那请问周染衣小姐是第一次演戏吗？您是怎么接触到《染娘》这部大制作的舞台剧的？”记者们自知很难从孔春深的嘴里套到什么新奇的事情来，转而问周染衣。

“我是第一次出演舞台剧。”周染衣仅仅回答了上半个问题，然后保持着微笑，不说话了。

记者们见周染衣也聪明得很，又不甘心地把话筒朝向吕姬：“吕姬小姐，您作为戏剧女王，可否对周染衣小姐的演技做一番评价呢？”

吕姬看了眼周染衣，笑意盈盈：“可见深爷的眼光一向不俗，无论是五年前的方七儿，还是如今的周染衣，都很让人惊艳。”

孔春深听到“方七儿”这个名字时，心里“咯噔”了一下，他微微蹙眉。

周染衣并没有太在意吕姬所提及的“方七儿”这个名字，倒是媒体听闻方七儿被重提，立马像抓住了什么关注点一样问孔春深：“深爷，您觉得周染衣能替代方七儿成为您日后舞台剧的女主角不二人选吗？我记得当年您曾说过，方七儿是您心中唯一的女一号。”

孔春深的瞳孔骤然收紧，他搁置在大腿上的双手十指交叉，因为用力地扣着而青筋凸显，表情有些不自然。他顿了顿，缓慢说道：“死者为大，请你们尊重她。”

话语刚落，记者们一阵沉默，只剩下“咔嚓咔嚓”的拍照声。

吕姬连忙打了个圆场，笑道：“今天的采访就先到这里吧。请大家继续关注《染娘》接下来的全国巡演，我们的下一站，是杭州。”

记者们只好散开，陆陆续续离开贵宾室。

周染衣看着身旁的孔春深，关心地问道：“燕哥哥，你还好吧？”

他定了定神，吐了口气：“我先去趟卫生间，你在这里等我。”

周染衣点点头，孔春深站起身来，缓慢地朝门外走去。

吕姬瞥了一眼一脸单纯懵懂的周染衣：“你难道不想知道方七儿的事情吗？”

周染衣摇摇头：“燕哥哥若是想让我知道自然会告诉我。”

吕姬冷笑了一声，又抿嘴道：“那关于你姐姐呢？”

周染衣抬起眼，诧异地看向她。

卫生间里，孔春深在洗手池前洗了把冷水脸，努力让自己清醒过来。

五年了，当“方七儿”这个名字再次被提及时，他那些尘封的记忆好像又被打开了。当人们提起这个名字时冷漠的脸庞，好像在谴责他那时候的亏欠。

这个债，永远都还不清了吗？

孔春深倚靠在卫生间冰冷光滑的墙壁上，闭了闭眼睛，只觉得脑袋疼得很。方七儿的脸在他的脑海里渐渐浮现，如退潮过后的沙滩，如大雨洗刷后亮亮的树叶，慢慢变得清晰无比。

他努力不让自己去想她，却越是想起关于她的事情，他心痛如刀绞。

这个不再存活于世上的人，曾日日夜夜地折磨着他，让他生不如死。

“燕哥哥，燕哥哥……”周染衣温柔软糯的声音传了过来，把他渐渐唤醒，将他从死亡之域里带离了出来。

是她那如绽放在春天里花朵般明媚的笑容，温暖了他原本冰封千里的心。

是她从一而终的善良与真挚，让他慢慢放下了所有防备，去相信爱情还会眷顾他。

是周染衣拯救了他。

孔春深慢慢从深不可测的痛苦深渊里苏醒过来，他醒了醒神，回到现实里，看着洗手池前镜子中的自己呆立了几秒，然后快步走出卫生间。

他要去找周染衣，只有她在他身边时，他才会感到无比安心。

可是等孔春深推开贵宾室的门时，里面却空无一人。

他立马跑去化妆间寻找，容漾漾和卢云都说没有看到周染衣。

他路过大堂，吕姬正在接受另一拨记者的专访。

最后他跑到大剧场里，工作人员正在搬道具，他一个个地问过去，可是没有人看见女主角。

他发了疯地大喊周染衣的名字，仍旧无人应答。

孔春深拔腿准备离开大剧院，突然听到身后的工作人员在说：“这个大染缸怎么这么沉啊？啊！里面怎么躺了个人？”

孔春深连忙跑过去，看到蜷缩在大染缸里的周染衣。他拍了拍她的肩膀，可是周染衣好像晕过去了，闭着眼睛身体软弱无力。

他连忙和几个工作人员一起搭着梯子把周染衣从里面抬了出来。

周染衣的脸上带着泪痕，迷迷糊糊中她喊了一声“燕哥哥”，然后又昏了过去。

孔春深立马开车将她送往医院。

周染衣坐在副驾驶座上昏迷着，孔春深心急如焚，双手握紧了方向盘，踩着油门往医院的方向而去。

染衣，你千万不能出什么事情。

拜托拜托。

孔春深在心里祈祷了无数次，只要染衣周全，他愿意付出所有。

车子在医院门口停下，孔春深横抱着周染衣冲进门里，大喊：“这里有人晕过去了！”

周染衣半睁开眼睛，看到她的燕哥哥一脸的焦灼，额头上布满了密集的汗水。他大声吼着，想要将她喊回现实，可是周染衣只觉得头沉甸甸的，眼前黑了黑，她又失去了意识。

医生为周染衣做诊断，好在她全身都没有受伤，只是精神压力过大导致的暂时昏迷。孔春深松了口气，将她带回家休养。

周染衣醒过来时已是凌晨三点，孔春深拥着她入睡，下巴抵在她的头上，面容安详。

十一和一月蜷缩在床的一角，相互依偎着。

周染衣动了动身子，想要慢慢地从孔春深怀里抽离出来，但孔春深还是敏感地醒了。他睁开眼睛，开口第一句话便是问：“感觉怎么样？”

见周染衣不说话，他半坐起身子，打开台灯：“怎么了？是不是哪里不舒服？”

“燕哥哥，你为什么要骗我？”台灯暖橘色的光照在周染衣的脸上，她的身子向后靠在床头，泪水在眼眶边打转，半明半昧。

“什么骗你？”孔春深一头雾水。

“姬姐姐把你跟她说的话放录音给我听了，你其实从来没有想过帮染衣找姐姐，对吗？”说着说着，泪水就掉了下来。

孔春深回想了一会儿，原来是那天吕姬喝醉酒醒的第二天找他道歉并询问关于周染衣的身世。

“我那时候那么说，是因为不想吕姬对你进行过多的调查。毕竟你的来历比较特殊，我不能透露你的太多信息，怕你受到伤害。”

“真的吗？”周染衣泪眼汪汪地看着他。

“当然是真的了。”孔春深心疼地替她擦去眼泪，“你是水做的吗？怎么动不动就哭？”

周染衣嘟起嘴，扑入他的怀里：“对不起燕哥哥，我应该相信你的，我明明不想重蹈侯少爷和染娘因误会而分开的覆辙，可是我却没有做到。”

孔春深摸了摸她的头：“爱情里总是会有猜忌和不信任，但是以后遇到这种事情，一定要及时沟通，不能无缘无故地消失，好吗？你知道我今天找不到你有多担心吗？你怎么会跑进大染缸里？”

“染衣那时候只想找个地方躲起来，可到处都是记者，所以我只能躲进大染缸了。”周染衣在孔春深的怀里蹭了蹭，像只温顺的小猫，“以前我在大染坊的时候，每次跟姐姐玩捉迷藏，都会躲进大染缸。

“不过有一次，我等了很久也没有等到姐姐。后来等我从大染缸里出来的时候，发现外面的世界都变了，大染坊里空无一人，而且好像已经荒废好久了。我跑出大染坊找阿爸阿妈和姐姐，却发现乌镇好像不是从前的乌镇了。虽然还是小桥流水人家，可是街坊邻居都不是我所熟悉的，他们穿的衣服也很奇怪。对了，说起来还真有点像我现在见到的世界。”

周染衣慢慢地说着，孔春深仔细地听着：“你是说你那时候便穿越过一次？从民国来到了现代？”

“嗯，我就是在那时候第一次见到燕哥哥的，你穿着背带裤，戴着顶鸭舌帽，我问你叫什么名字，你不理我，就呆呆地看着屋檐上的燕子发呆，说燕子春来秋去，总会在明年的春天回来。我当时太小听不懂你在说什么，于是就叫你燕哥哥了。”

“那时你多大？”

“十三年前，应该是五岁吧。”周染衣想了想，“后来我把这件事情告诉姐姐，姐姐却说我是在做梦，阿爸阿妈也不相信。”

孔春深一怔，可是他的脑海里怎么也想不起自己十三岁之前的记忆，突然想起林风眠说过的话，紧接着问道：“你当时穿越之后，还发生了什么事情没？”

周染衣努力地回想着："我只记得我走丢了，因为乌镇变化太大。后来我遇到了卖姑嫂饼的一对夫妇，他们见我可怜，还送饼给我吃，并领着我去找阿爸阿妈。后来……后来的事情我也不太记得了，时间太久远了。"

孔春深愣了愣，若是按照这么说的话，便跟林风眠的话对上了。

"乌镇十三年前走丢过一个小女孩，但那个小女孩好像是个孤儿，无名无姓的，后来被一户好心人家给收养了。本来要为她置办户口的，结果女孩又不见了。那户人家来警局挂了人口失踪，但是这样一个连名字都没有的女孩根本不好找，两三年也没找到，后来人家也死心了搬走了……"

难道说，周染衣在十三年前便穿越过一次，而打开穿越隧道的正是大染缸？

"你在大染坊遇见我那次，是不是之前也曾躲到大染缸里？"孔春深问。

周染衣点点头："那时候舅舅舅妈请了整个家族长老来给我定罪名，要将我扫地出门，我一害怕，便躲进了大染缸。等我再出来时，便遇见了燕哥哥。"

如此说来，那么一切便也都说得通了。

孔春深捋了捋头绪，自己应该是十三岁的时候见过从民国穿越而来的周染衣，所以她才会在十三年后的相遇，一眼认出了自己。

想到这里他便有些欢喜，原来他确实是周染衣货真价实的燕哥哥。

可是孔春深无论如何也回想不起十三岁之前的记忆。

原来他和染衣，早在那年的春天里就遇见了吗？

“那你昨天躲进大染缸，可有看见什么？”孔春深又问道。

周染衣摇摇头：“我在里面哭了很久，然后就晕过去了，再醒来时，便躺在这里了。”

如果说大染缸真的是穿越时空的隧道的话，那么一定有启动的源头。

“你好好想想，你五岁时那次和这次的穿越有没有做过什么相同的事情？或者说触碰了大染缸里的什么开关？”

周染衣努力地想了想，只觉得头疼得厉害：“染衣真的想不起来了。”

孔春深见她有些难受也不再勉强：“想不起就先别想了，以后我们再慢慢摸索，现在先好好休息。”他温柔地将周染衣的身子放平在床上，给她盖好被子。

周染衣点点头，拉着他的手：“燕哥哥要陪着我，哪儿也不许去。”

“放心吧，我不会走的。”孔春深伸手关了台灯，把她的头枕在自己的手臂上，亲了亲她的额头，“晚安。”

“晚安，燕哥哥。”黑暗中周染衣的声音软糯如粥。

隔天一早孔春深带着周染衣去研究大染缸，两人轮换着在大染缸里待了半天，都没有发生什么奇怪的事情。容漾漾见状打趣道：“你俩是准备表演个‘染缸大变活人’？”

最后孔春深无奈作罢，心想着这样也好，不然他真怕周染衣不小心启动开关又回到民国了，跟自己可就相隔一个世纪了。

几天后，他托林风眠在公安局里找的人脸画家过来了。

这位画家专门画失踪人口或者犯罪嫌疑人的脸，据说画技十分高超，公安内部好几次都靠着他的画作找到了关键线索。

周染衣仔细地回想着姐姐的样貌，平静地向画家描述记忆中姐姐的长相："姐姐和我生得很像，但人们都说，她比我要更媚一些，弯弯的柳叶眉，一双桃花眼似笑非笑。姐姐喜欢用胭脂粉在眼角晕染开粉红，好似桃花绽放，她的鼻子高高的挺挺的，樱桃小口一点点，说话的时候燕语莺声。

"对了，最重要的是，她的眉心有一颗朱砂痣，有时候长辈们也会分不清谁是姐姐谁是妹妹。但只要看见了朱砂痣，便是姐姐；看见了酒窝浅浅，便是染衣……"

画家根据周染衣的描述画出周染芷的样貌。

孔春深和林风眠站在画家身后看着画板，待画家作完画时，两人看着画中人脸色均变了变。

这张脸，孔春深再熟悉不过了。

"画好了吗？"周染衣兴高采烈地跑了过来，看着画板，惊讶得合不拢嘴，"哇！画得真像，姐姐便是长这个模样！"

"你姐姐真的和这画上的人很像吗？"孔春深问。

"嗯。"周染衣用力地点点头，"以前姐姐去照相馆照过相，感觉都没有这个画得像呢！”

林风眠拉着孔春深走到阳台，关上玻璃门，拿了根中华烟给他。孔春深看了看还是克制了烟瘾，摆摆手：“我已经戒掉了。”

林风眠自顾自地点烟抽了起来，叹了口气问道：“这下你该怎么办？天底下不会有这般凑巧的事情吧？”

孔春深想了想：“她们不会是同一个人的，不过是面容相像罢了。”

他转头看了眼在客厅里认真看画的周染衣，感到怅然若失。

那一抹眉心间的朱砂痣，曾在他的心里守成了白月光，他从未想过有生之年还会再次相遇。

·第八章·

山花烂漫，星河璀璨，一屋两人三餐四季

Chunshen jiumeng

《染娘》在杭州的巡演仍是座无虚席，随着各大新闻媒体和头条的推送与曝光，舞台剧好评如潮。

周染衣倾国倾城的美貌与精湛的演技被圈内和各路人士所关注，但人们惊讶地发现，在网络上根本找不到任何关于她的蛛丝马迹。这个女孩似乎从未注册过任何社交账号，她的所有经历都是个谜。

而据孔春深工作室里的人说，她连微信号都没有，手机也很少用。

她像一张白纸，在纷扰的世俗大染缸里透明而清白地存在着。

舞台剧剧组在杭州多停留了一天，孔春深带着周染衣去了趟西湖。

西湖笼罩在三月的春雨中，湖上泛舟垂钓，堤岸杨柳扶风，仿佛一个睡卧在断桥的江南女子，临水照花，眉山远黛，尽显诗情画意。

孔春深撑着把油纸伞，周染衣的手轻轻地挽在他的胳膊上，他俩在外形上本来就很养眼，惹得路人纷纷回头打量这对璧人。两人只好伪装了一番，戴了墨镜和口罩，以防有人偷拍。

周染衣一双清亮的眼眸从墨镜上方露出来，她看着三月的西湖赞不绝口：“哇，原来这就是许仙和白蛇相遇的地方。”

“人妖若是都能相恋千年，那么两个隔了百年不同时代的人又有何惧？”周染衣看向孔春深，笑得酒窝浅浅。

孔春深低头隔着口罩亲了亲她。

“燕哥哥，我想骑那个！”周染衣的视线突然被什么东西给转移了。

孔春深无奈地笑了笑，顺着她手指的方向看去，几对男女正骑着自行车沿杨柳堤岸行驶，春雨拂面一脸悠哉。

“你会骑自行车吗？”孔春深问道，果不其然，周染衣摇了摇头。

孔春深租了辆自行车，坐了上去，双脚踩实了地面：“你替我撑伞就可以。”

周染衣乖巧地点点头，坐在自行车的后座上，一只手环住孔春深的腰，另一只手撑着油纸伞，身子紧紧地贴在他的后背上：“加油，燕哥哥。”

孔春深用力向前蹬去，周染衣的身子很轻，他骑得还算轻松。他控制着车速，带着她穿过人群，穿过垂落堤岸的杨柳梢，穿过烟波浩渺的断桥。

油纸伞，在潇潇细雨中，撑起一方晴天。

伞下是斩不断的前世情缘，今生再续。

随着舞台剧巡演的范围越来越广，孔春深带周染衣去的地方也越来越多，这整整一个春天里，带着她玩遍了祖国的大好河山。

他们看过烟花三月春风十里的扬州，菱蕖千朵碧连天。

他们去过笙歌入幽梦的南京，魂断秦淮河。

他们见过武汉的樱花飘落，红陌芳菲在人间的四月天。

五月看了场凤凰花雨，据说凤凰花只开两季，一季缘来，一季缘散，化作一地灿烂的红。

周染衣还搭乘了以前从未见过的交通工具，地铁、火车、高铁、飞机，每次她都大呼小叫着科技真发达啊，惹来乘客们的发笑，觉得这个女孩子实在是可爱至极。

而后有人认出了周染衣，请她签名，周染衣竟拿出了写毛笔字的架势规规矩矩地写下“周染衣”三个字，字迹清晰，比临摹的练字本上的字体还要工整。

孔春深忍俊不禁，他的小姑娘真是这个浮躁的演艺圈里的一股清流。

各大名导名编和电视台的拍戏与综艺邀约蜂拥而至，但孔春深都替她婉拒了，他不想让他的女孩过多地暴露在镜头之下，影响她的生活。

为此朱总和孙总还专门打电话过来将他臭骂了一顿，但孔春深明确表示，他们签约的仅仅是《染娘》这个舞台剧，而非周染衣。

她不是一棵可以任谁使唤的摇钱树。

她只是他的三月的樱花、四月的木棉、五月的蔷薇，花开了他的整个春天。

舞台剧的巡演来到中国最南边的省会城市，他们坐轮船远渡过海。

这是周染衣第一次坐渡船，也是她第一次感受到立于海中央的新奇。她站在甲板上远眺大海，平静的海面上波澜微微起伏，头顶盘旋着嘶叫的海鸥，天上的云朵被风吹得堆积起来。

周染衣吹着海风，一脸恬静：“曾经我看书里说：所爱隔山海，山海不可平。现在才发现，海有舟可渡，山有路可行，这天下，去多远的远方，去谁的心里，原来都不是问题。”

孔春深笑了笑，替她将吹得凌乱的头发理好别在耳后：“天涯和海角我们都去过了，地老和天荒，海枯和石烂，又有何惧？我们要的，是一起白头偕老。”

在海口的巡演一如既往的观者如潮，当孔春深牵着周染衣的手从台后走到台前谢幕时，突然有个男人大喊了句：“染娘我爱你！”而后疯狂地冲上舞台，朝周染衣的方向扑去。

站在周染衣身旁的孔春深连忙将她拉入怀中，紧紧地护住。

男人的身体撞了过来，孔春深摔倒在地上。

在落地时，孔春深还是护住了周染衣，自己当起了人肉垫子。

随后这名狂热粉被及时赶来的保安带走，其余保安立马进行安全疏散。

周染衣从孔春深的身上爬起来，惊魂未定：“燕哥哥，你怎么样？

有没有受伤？”她紧张得眼泪哗哗直掉。

孔春深半坐起身子，只觉得全身一阵酸痛，他掀开衣袖看了看手臂：“只是一点点擦伤，不碍事的，你呢？”

周染衣哭着摇摇头：“染衣没事。”

孔春深替她抹干了眼泪：“一会儿还有采访，可不能哭花了妆。”

周染衣再也忍不住地张开双臂环抱住他，哭成了个泪人。

此时记者们的镜头已经对准了过来。

孔春深无力解释，只好任由他们拍着。

果不其然，巡演过后的采访，记者们开始揪着他们二人的亲密举动问个不停，甚至还有人抓拍到他们在酒店入住同一个房间的照片。

“请问深爷是和周染衣小姐在一起了吗？”

孔春深没有应答，在镜头前，他伸出手揽住了周染衣的肩，将她拥入怀中，另一只手轻轻地抬起她的下巴，宠溺地吻了上去。

“咔嚓咔嚓——”记者们疯狂地抓拍，坐在身旁的吕姬好不尴尬，退出了镜头。

几分钟之后，这张接吻照便被推送上了各大娱乐新闻版面和头条，孔春深和周染衣的恋情正式公开，染娘和侯少爷在舞台剧中历经诸多坎坷终究不能相守到老的遗憾，如今也算在现实生活中再续前缘了。

《染娘》舞台剧的忠实粉丝们纷纷送上了祝福，他们打算在微博上送鲜花，却发现这两个人就如与世隔绝的古人，压根都没有开通微博，只能在工作室的官博下留言。

“染衣，你喜欢站在聚光灯下和镜头前吗？”

休息室里，孔春深问正在给自己认真擦药的周染衣，明明是两片创可贴就可以解决的事情，周染衣却一定要好好消毒和包扎一番。孔春深劝不住她的执拗，只好随了她。

周染衣摇摇头：“我演舞台剧，演染娘，都是为了燕哥哥和姐姐，染衣只想平凡和安静地生活。”

孔春深感到懊恼，是他将她从那个安静的烟雨古镇带离，来到这个纷纷扰扰的软红十丈，却又不能护她周全。他已经亏欠过一个人了，不能一错再错了。

他想了想：“等《染娘》这部舞台剧巡演结束，我们就隐于世俗，带上十一和一月，找一方净土，种十里桃花，自修篱笆，闲来时赏花赏月赏眼前的心上人，以山肴野蔌为粗茶淡饭，不再去过问这世俗的红尘往事。然后我们生两个孩子，一儿一女成双对，如何？”

“真的吗？燕哥哥？”周染衣眼睛清亮，有着万分的期许。

孔春深点点头，轻轻地握住周染衣的手：“本来我已经沉寂五年了，不想再去碰舞台剧的事情，是染娘托梦给我一定要完成这个舞台剧。我想，就是为了遇见你吧。既然我们已经相遇，那何不舍弃这世俗的烦扰，做一对闲云野鹤，自在快活？而且啊，《染娘》这个舞台剧赚的钱，省吃俭用，还是能花好长时间的，我就怕你吃不了苦。”

“怎么会呢？”周染衣喜极而泣，“在众人的目光下活着，不能随心所欲地拥抱和亲吻燕哥哥，那才叫一个折磨。”

孔春深把下巴抵在她的头上，轻轻地拍了拍她的肩膀，笑了笑：“等《染娘》巡演结束，等我处理好在上海的一切事情，我们就摒弃所有，去我们的世外桃源吧。”

周染衣吸了吸鼻子，开心地笑了。

她比任何人，甚至比燕哥哥，都期待着那一天的到来。山花烂漫，星河璀璨，一屋两人三餐四季。

晚上的酒店房间是海景房，坐落在海边。夜幕降临，远方海岛的轮廓和海天交接的余晖渐渐消融在暮色里。华灯初上，天上的明月摇晃，进港的点点航灯如坠落在大海里的星星，举目四望，好似人间与海盈眶的泪光，漫长而遥远。

周染衣坐在阳台的秋千上，看着眼前的良辰美景，只觉得浮生若梦。人生不过才过去短短十几年的春秋，白驹过隙间便道尽了悲欢离合。

海风微凉，孔春深拿了条毯子盖在她的身上：“别着凉了。”

然后在她的身边坐下。

周染衣吸了吸鼻子，不让自己去想那些悲伤的事情，她看着海上那轮明月说道：“燕哥哥，小时候阿妈常跟我说，不能指月亮，若是指的话，月亮娘娘会生气的，晚上的时候会来割你的耳朵，给你一些惩罚。”

孔春深笑了笑：“真的吗？”

“当然是真的了。”周染衣认真道，“小时候我玩捉迷藏经常被姐姐给找到，哪怕我藏进了最隐秘的大染缸，姐姐也能轻而易举地找到我。

“有一天我藏在大染缸里抬头时，突然看到月亮在我的头顶，那时候我就知道了，一定是月亮向姐姐告的状，她出卖了我，所以我就指着月亮大骂了一顿。结果第二天醒来，耳朵上便有了一道被割过的印子。”

周染衣像个话痨般继续说着：“从那以后我就再也不敢恼怒月亮了，哪怕玩捉迷藏总被姐姐给找到。直到后来阿爸阿妈离开了，姐姐也下落不明，我被舅舅舅妈冤枉成杀人凶手。那时候我害怕得躲进大染缸，求着头顶的月亮将我带走，第二天我便见到了燕哥哥，或许是月亮娘娘在可怜我吧。”

孔春深将她拥入怀中，亲了亲她的额头。

周染衣继续喃喃着：“燕哥哥，我好想十一和一月啊，也好想回到大染坊的时光，如果阿爸阿妈和姐姐都在，那该有多好。”

孔春深温柔地安慰着：“你放心，你的阿爸阿妈一定在天上好好地看着你，看到你过得幸福，他们便心满意足了。还有……我一定会找到你姐姐的。”

他将她额头上的碎发轻轻地撩到耳后。

“不知道姐姐现在究竟在何处，是不是头顶也有一轮明月？”周染衣往孔春深怀中深处钻了钻，像一只温顺柔软的小猫，双手环在他的腰间，语气温柔软糯。

“即便是在百年前的民国，这轮明月也是亘古不变的，它看遍了人世间的沧桑与世俗的繁华，也看透了悲欢离合。这世间唯一永恒不变的，大概是爱情吧。”是周染衣的出现与存在，让孔春深慢慢相信，原来爱情是可以打破时空的。

“染衣，谢谢你，谢谢你让我的生命重新亮起了曙光。”孔春深低下头，吻了吻怀中的女孩，在心里默默说道。

周染衣闭着眼睛，酒窝浅浅地笑着，沉醉在炙热的吻与海风中。

六月初，孔春深和周染衣回了趟上海的家。孔春深在几天前收到快递公司发来的短信，便打开快递柜看了看，从里面取出一个四四方方的包裹。

寄件人不详，收件人是自己的名字。

他拆开包裹，里面是一个黑色的木盒子，用精致的锁扣锁着。他打开，木盒子里摆放着一摞装订成册的稿件，正是他五年前写的那本舞台剧剧本《小丑先生与鬼姑娘》。

他翻了翻剧本，却越发觉得不对劲——剧本上用五颜六色的荧光笔涂画着台词和动作描写，大大小小地标注着一些表演的注意事项。这个字迹孔春深再熟悉不过了，他深吸了口气，噩梦好像又开始在他的脑海翻涌。

突然从剧本里掉落出来一张照片，被一旁的周染衣捡起，她看了看，指着照片上其中一个人说道：“咦？这个人长得好像姐姐。”

孔春深连忙拿过照片，那是《小丑先生与鬼姑娘》舞台剧巡演最后一场的合照。合照上他和方七儿站在C位，当时他的脸上还化着小丑妆，方七儿的鬼姑娘妆则卸去了一半，一半绝代容颜一半丑陋鬼脸，看上去有些诡异。

孔春深把照片夹回剧本里，将剧本装回盒子中。

“燕哥哥，那是你以前写的剧本吗？我可以看看吗？”周染衣轻声地问。

孔春深想了想，走到书架前，另外拿了本存档的剧本递给她：“你看这本，一样的。”

他说着，踮起脚将盒子放在了书柜的最顶端。

周染衣接过剧本，窝到沙发上，饶有兴趣地看了起来。

孔春深支着下巴陷入沉思之中，想了一会儿，他拿出手机正要打给快递公司查询寄件人，便收到容漾漾发来的微信：深爷，你看到网上的消息了吗？

后面接着的是一张微博热搜的截图：1. 方七儿微博；2. 方七儿死而复生；3. 方七儿死了吗？ 4. 方七儿死亡事件；5. 方七儿孔春深……占据了热搜前十条。

他突然觉得胸腔里闷得喘不过气来，看了一眼窝在沙发上津津有味啃剧本的周染衣，而后大步走到卫生间里，将门锁好，坐在马桶上，在手机里下了个微博 APP，打开。

微博的界面已经瘫痪，孔春深花了好几分钟才终于进入。

他点开热搜的第一条，进入方七儿的微博。28 分钟前她点赞了孔春深工作室发布的《染娘》巡演剧照；而她的上一条原创微博，还停留在五年前，是一张《小丑先生与鬼姑娘》巡演结束的合照。

孔春深的心里“咯噔”了一下，因为这张照片和自己今天收到的是同一张。他“咔嚓咔嚓”地截了几张方七儿微博界面的图，找到和林风眠的微信对话框，把截图发了过去，飞快地打字让林风眠查一查这件事情。

林风眠显然也很惊讶，秒回：这是诈尸了？！

孔春深想了想，回道：不清楚，但一定是有人在暗中搞鬼。

紧接着，他将自己收到快递的奇怪事情也告诉了林风眠，并将快递单号发过去了。

那边回了个“收到”之后，微信便再无动静了，看样子应该是去调查了。

“咚咚咚！”

突如其来的敲门声把孔春深吓了一跳，他定了定神，打开门，见周染衣正站在门口。

“怎么了？”

“燕哥哥，你都在卫生间待了快一个小时了，是不是便秘呀？”周染衣抱着剧本一脸困惑。

“嗯，肠胃不太舒服。”孔春深的表情有些不大自然，推着她走回客厅里。

“你的手机呢？”

周染衣乖乖地从口袋里掏出一部苹果手机：“在这里。”

孔春深拿过她的手机：“这段时间要全心全意地巡演，不能玩手机，所以手机我先没收了。”

“哦。”周染衣乖巧地点点头，本来她平时除了网购也几乎不看手机，连微信都没有，容漾漾和卢云有时候想找她都只能靠发短信。

孔春深将她手机关机，放进自己的衣兜里。

一切都是为了以防万一，他不能让外界的任何风吹草动伤害到他的染衣。

小丑先生和鬼姑娘，他们是每天迎来游乐园里第一抹晨曦的工作人员，也是每天游乐园里最后散场的人。

小丑先生永远踩着高跷板顶着炙热的太阳在阳光下扮演欢乐的丑角；鬼姑娘则在暗无天日的鬼屋里装着鬼吓人，时不时还要遭受玩家们有意无意的中伤，可是这些皮外伤，都远远不及她内心的悲伤。

小丑先生和鬼姑娘都是游乐园里最孤独的人。

他们像两颗不被理解的星球，小丑先生只能笑不能哭，鬼姑娘只能丑不能美。

他们只能把人们最想看到的那一面展现出来，伪装着，扮演着，戴上了虚伪的面具，慢慢变成了最讨厌的自己。

笑得像跳梁的小丑，活得像行尸走肉。

小丑先生和鬼姑娘，成了多少人口中所唾弃和不屑的标签。

小丑先生明明是个多愁善感的人，却要用笑容迷惑他人，他越来越像个外向的孤独患者。

鬼姑娘多想像那些阳光下的美少女用胭脂水粉装扮自己，可是廉价的血浆乳胶正一点点地腐蚀着她本来就不美丽的脸蛋，她变得更丑陋与自卑了，她慢慢失去了追求美的信念。

有一次鬼姑娘因为尽职尽责地扮好一个鬼吓哭了一个孩子，被孩子的父母揪出鬼屋一顿打。小丑先生用自己的魔术逗孩子开心，替鬼姑娘解了围，并请她吃游乐园里的棉花糖。后来小丑先生和鬼姑娘一有空闲就会默契地给对方送点小礼物，或者只是面带笑容地为对方加油打气。而后匆匆道别，他奔赴他的炙热阳光，她进到她的阴暗小屋。

这个游乐园的小丑先生和鬼姑娘很多，卸了妆之后的他们又变成了另外一个人。

真实的小丑先生其实是个哑巴，真实的鬼姑娘脸上带着一块永远都无法洗去的胎记。即便他们都是孤独的灵魂惺惺相惜着，可是他们仍不敢把自己最真实的一面展示给对方，只能戴着面具哄对方笑，一旦卸下了面具，他们便频频擦肩而过。

周染衣半夜睡不着，爬起来悄悄跑到客厅里，打开台灯继续看《小丑先生和鬼姑娘》的剧本。等她看到最后时，才发现这个剧本少了最后一页，应该是没订牢固脱落的。

周染衣迫不及待地想知道小丑先生和鬼姑娘的结局，她在书架上来回翻多余的完整剧本，可是都没有找到。

她蓦地想起白天时孔春深放到书柜上面的剧本，她搬来凳子，蹑手蹑脚地踩了上去，取下那个长方形的盒子。

她将盒子放到客厅的桌子上，小心翼翼地打开来，直接翻开剧本的最后一页，认真地看着。

故事的最后，游乐园的摆锤出了事故，踩着高跷的小丑先生岌岌可危，鬼姑娘正好轮班出来，她奔向了小丑先生，用自己的命替换了他的。

鬼姑娘躺在血泊之中，可是人们却说她的血浆道具好真。

小丑先生哭了，泪水哭花了他那张滑稽的彩妆脸，人们却鼓掌称赞小丑的演技太好，可是他们忘了一直微笑的小丑也会有真的悲伤的时候。

你看啊，哭泣的小丑在笑，欢乐的小丑在哭。

“这真是一个悲伤的故事。”周染衣喃喃自语，沉浸在小丑先生和鬼姑娘的故事里无法自拔。她坐在沙发前的地毯上，舍不得放下手中的剧本翻了翻，然后看到了那张照片。

周染衣盯着照片发呆，她一眼便能认出照片里画着小丑妆容的是孔春深，而站在他旁边的，是个化了一半鬼妆的女孩，女孩的模样真的像极了姐姐，只是多了些苍白和忧郁。

记忆里的姐姐应该是明媚动人的，似罂粟花般迷人，最喜欢穿着阿妈给她做的新式碎花旗袍和绣花鞋，手持蒲扇招摇地走过大街小巷，水蛇腰，笑靥如花，美眸轻荡，眉心间的朱砂痣在阳光下微微发着好看的光。那时候她的追求者几乎从城南排到了城北，无一不为姐姐国色天香的姿色所倾倒。

姐姐素来喜欢艳丽花哨的东西，最讨厌黑暗和阴郁，所以怎么可能是鬼姑娘呢？

周染衣自顾自地摇了摇头，将照片放回剧本里，又把剧本原封不动地摆进木盒子里，然后轻手轻脚地放回书柜上的原位。

整个过程安静得没有一点声响，一气呵成。

她关了客厅的台灯，在黑暗中摸索着蹑手蹑脚地上了二楼，慢慢爬上床，躺回孔春深的身旁。

孔春深睡得正香，双眼紧闭着。

周染衣看着这个男人好看的眉眼发呆，她在想她的燕哥哥，究竟是抱着什么样的初衷和契机才写了《小丑先生与鬼姑娘》这么悲伤的舞台剧呢？

孔春深虽然年少有成，被人们追喊着尊敬地称为“深爷”，可是他好像并不开心。跟他接触多了便发现，他好像一直在迷失着，眼底总是装着不见底的悲伤，像海上漫无目的的航船，一直亮着灯，却孤独地漂泊着。

周染衣怎么也想不明白，最后困意渐渐袭来，她只好停止了思考，沉沉地睡去。

翌日奔赴北京的巡演，《染娘》舞台剧的工作人员和参演人员已经在昨日抵达北京，孔春深为保护周染衣的行程隐私，特意没和剧组一块儿出发，两人走了 VIP 通道。

在机场的贵宾室里等着时，周染衣抱着一堆零食吃个不停，腮帮子鼓鼓的像一只偷吃食物的花栗鼠。

孔春深笑了笑，在一旁低头看着书，却不知不觉打了个盹。

不知过了多久，空姐走过来叫醒他："孔春深先生，登机时间到了。"

他慢慢地睁开眼睛，却见周染衣不在身旁，朝四周巡视了一眼："跟我在一起的那个女孩子呢？"

"您是说周染衣小姐吗？她刚刚去了卫生间。"空姐应答道。

孔春深点点头："那我先等她回来吧。"

贵宾室里的人已经陆陆续续登机完毕，空姐忍不住过来催了："孔先生，您先上飞机吧，我已经让同事去卫生间叫周小姐了。"

孔春深忽感大事不妙，他心里一慌，径直往卫生间的方向走去。

正要走进卫生间时，一位空姐走了出来："先生，这里是女厕，您不能进去。"

跟在他身后的空姐慌忙解释情况，卫生间里出来的空姐摇摇头表示里面并没有周染衣。

此时飞机的登机广播已经开始寻人，念的是周染衣的名字。

孔春深在贵宾室的周围来回转，只觉得天旋地转，他的脑袋晕乎乎的，心里像失去了什么东西一般空洞着。

"染衣！染衣！……"孔春深四处大喊着。

直到有个空姐欣喜若狂地跑过来："孔先生，周小姐已经找到了，在登机口等着您呢！"

孔春深闻言立马拔腿奔向登机口，看到那里站着的完好无损的人儿，伸出手臂紧紧地抱住她，喉咙哽咽着说不出话来。

他真的，太害怕失去她了。

“怎么了，燕哥哥？”周染衣一脸迷惘，她的头贴在他的胸腔上，听到男人紊乱的心跳声。

“你刚刚去哪儿了？”从喉咙里发出来的话是颤抖着的。

“燕哥哥，我刚刚看见姐姐了。”

孔春深诧异，看了看她的脸，又往四周望去：“在哪儿？”

“在卫生间里，我当时正好从隔间里出来，她在洗手台前擦着手，虽然她戴着墨镜，可是她眉心的朱砂痣还是让我一眼认出来了。我追着喊她姐姐，但她头也不回地就走了，机场太大，我就迷了路。”周染衣解释道。

“你确定是你姐姐吗？”孔春深再三确认地问。

周染衣坚定地点点头：“是姐姐，天底下不会有如此相像的人，即便相像，也不可能和姐姐一样有眉心的朱砂痣。”

孔春深忙拉着她去问登机柜台前的机组人员：“能帮我查下这架飞机上有没有一个叫周染芷的女士吗？”

机组人员在电脑里搜索了一会儿，摇摇头：“没有这个人。”

孔春深叹了口气，回头说道：“我们先登机吧，等到了北京再说。”

周染衣一边跟在他的身后往前走，一边恋恋不舍地回头张望着：“可是会不会我去了北京，姐姐却留在上海了呢？”

孔春深安慰她："若是照你那么描述的话，你姐姐一定适应了现代的生活，如果她看到你的演出，一定会来找你的。"

但……只怕那个人不是真的周染芷。

孔春深蹙着眉，觉得近来发生的事情都蹊跷极了。

周染衣在飞机上沉沉地睡去。

孔春深拥她入怀，尽管困了，也不敢闭眼一秒。

他害怕再醒来时见不到她，他看着她那张睡得深沉的脸，呼吸一起一伏很缓慢，像初生的婴儿般乖顺，他忍不住低头亲她，但又怕惊醒她，只能亲了亲她乌黑透亮的发梢。

他从未想过自己会爱一个人爱到如此深沉，他愿意把所有一切美好的事物都赠予她，他愿意付出所有，只要她开心地笑着。

过往流浪四方很少归家的日子，突然漆黑一片的暗夜，人潮退去烟花消逝般的寂静，一醉方休潦倒到天亮的孤独，生活中的荒唐与糟糕，他都不曾惧怕。可是现在他有了软肋，他爱她的酒窝浅浅，他爱和她一同捣鼓的岁月，他爱和她一起展望的远方，他爱她的所有，只要她在身边就好。

飞机在首都国际机场停落，他们走的仍是 VIP 通道。司机已经在停车场等候多时了，两人上了商务车。

车子正要开出停车场时，一辆红色的路虎突然横亘了过来，在商务车前急刹车。

红色路虎的车窗缓慢摇下，驾驶座上坐着的是一个穿着黑色蕾丝裙的女人，皮肤白皙得发光，鹅蛋脸上戴着一副夸张无比的墨镜，鲜红的嘴唇，嘴里嚼着口香糖，有些挑衅的姿态朝孔春深和周染衣看过来。

“姐姐！”就在周染衣喊出声时，孔春深看到那个女人侧过脸，朱砂痣似一滴残血落在她的眉心间，他微微一愣。

红色的路虎车重新启动，踩下油门，快速地向前开去，驶出了停车场。

“燕哥哥，那是姐姐！”

“跟上那辆路虎。”孔春深拍了拍司机的靠背，焦急道。

司机听话地跟了上去。

路虎似乎注意到了身后有人在跟踪，一连拐了好几个弯，不停地超车，试图甩掉他们。

“你今天在机场见到像姐姐的人就是她吗？”孔春深问。

周染衣点点头：“嗯，就是她，当时她就戴着这副墨镜、穿着黑色蕾丝的裙子。”

商务车一直穷追不舍，到达十字路口，绿灯还剩最后三秒时红色路虎飞驰穿过，商务车碍于前面的车子停了下来，缓慢地停车等红灯。

而那辆红色的路虎车早已扬长而去。

“深爷，不好意思，跟丢了。”司机抱歉地说道。

孔春深叹息一声：“没事。”

“姐姐刚刚明明看见我了，为什么要躲着我呢？”周染衣的小脸沮丧。

“事情总会水落石出的，放心吧，我已经托风眠在调查此事了。”孔春深轻轻地握住她的手，安慰道。

北京场的巡演定在国家大剧院，工作人员已经将舞台和道具布置好了，孔春深和周染衣提前三个小时到了现场，先粗略地排练一遍之后便去化妆更衣了。

本来跟组的化妆师有三位，主要负责吕姬的化妆师得了热感请了假，容漾漾便找了位临时的来替代。

但吕姬对于这位新来的化妆师并不友善，已经给她化了三次的妆容都被吕姬生气地擦掉了，最后她看上了周染衣的化妆师：“你过来，帮我化。”

化妆师丝毫不给吕姬面子，帮周染衣上着唇妆：“我这边还没化完呢。”

“她的妆容都捯饬得差不多了，我还一点都没化呢。”吕姬趾高气扬。

化妆师仍旧不情愿：“那你再等等。”

周染衣不想伤了和气，抬眼对化妆师小声道：“你去帮她化吧，剩下的我自己弄就可以。”

化妆师无奈：“你就是太好脾气，可不能老这么处处谦让委屈了自己。她若是下了狠心要抢走深爷，你还让她不成？”

周染衣咧嘴笑了笑：“放心吧，其余的我都可以让，除了燕哥哥。”

化妆师拿心地善良的周染衣没办法："行吧，我一会儿再回来给你补妆，你这张天生丽质的小脸，其实不用化妆也倾国倾城了，倒是吕姬，妆前妆后完全是两个人。"

周染衣抿嘴一笑，拿起桌子上的眉笔将自己天然修长的眉毛画得更深了些。

化妆师不情不愿地走到一边去给吕姬化妆。

吕姬轻垂着眼斜睨周染衣，满腹怨气无处可撒。

这天底下的好事，为何全叫周染衣占了去？舞台剧《染娘》的女主角是她，孔春深也是她的，还有这如潮水般涨来的名气也是她的。

"这几天方七儿的事件闹得沸沸扬扬的，莫不是她真的复活了？"吕姬悠悠地问道，不知道在说给谁听。

在一旁整理着服饰的造型师听闻吕姬这番话，按捺不住八卦的心："这八成是有人在恶作剧吧？一定是黑客黑了她的微博搞的鬼。方七儿已经走了这么多年了，怎么可能还活着？当年深爷和一些记者可是亲自出席了她的葬礼。"

周染衣终于按捺不住内心对方七儿的好奇，问道："方七儿是怎么走的？"

"你难道不知道吗？自杀啊，在自己的公寓的浴缸里割腕……"

"自杀？"周染衣愣了几秒。

随后造型师又补充道："好多人都说她是因为演了深爷的舞台剧，入戏太深自杀的。唉，真是可惜了，她的演技还蛮好的呢。"

“是那部《小丑先生与鬼姑娘》的舞台剧吗？”周染衣追问。

“对喽，那部舞台剧真的蛮压抑的，反正方七儿在巡演完不久之后就在公寓里……”造型师惋惜道，“其实我当年真的还蛮喜欢她的，还收藏了不少她扮演鬼姑娘的海报。”

周染衣的眼神黯淡了下来，她想起那天记者追问方七儿的事情时，孔春深不自然的表情和不正常的反应。

如果方七儿真的是因为入戏太深而选择自我了断，那孔春深一定很愧疚写了这部舞台剧吧？

弄好染娘造型的周染衣从化妆间里走出来。

化妆间到舞台之间有一条长长的走廊，走廊的尽头站着一个熟悉的人影，他立于清幽的月光下，高大落寞的背影好似朱雀楼阁上孤独的君王。他抬头远眺，目光却又不知落在何处。

周染衣走到他身后，轻轻地唤了声：“燕哥哥。”

还等不及孔春深转过身，她走上前从后面抱住了他，她心乱如麻，好像在拥抱孤独。

“怎么了？”孔春深轻握着她环在他腰间的手，温柔地问。

“染衣想你了。”周染衣的声音软糯如粥。

孔春深笑了笑，微微别过头：“我也想你。”

窗外的圆月似血，像一团火球高挂在夜幕中，诡异地散发着血色的光芒，就连这照耀在身上的月光，似乎也染了血。

周染衣只觉得从未有过的心慌，小时候常听阿妈说，血月当空，是不祥之兆，预示着灾难的发生。在阿爸阿妈突然身亡的那晚，她也曾见到了悬于夜空的血月。

她心事重重，但她不敢告诉孔春深，她怕自己的胡思乱想给孔春深带来诸多不必要的麻烦，只暗自叹了口气。

“怎么了？”孔春深察觉到她眼底的黯然。

“没，只是觉得这月亮红得太奇怪了。”周染衣说道。

孔春深笑了笑，安慰她：“听新闻里说八月会有场天狗食月，所以月亮大概是在酝酿吧。”

周染衣点点头，紧紧地抱着她的燕哥哥。

“一阳初动，二姓和谐庆三朵，具四美，五世其倡征风卜。六礼既成，七贤毕集，奏八音，歌九和，十全无缺鸳鸯和……”

舞台上的灯光倏地暗了下来，一片黑暗中工作人员迅速地换上侯家婚宴的背景和道具，周染衣也连忙跑到后台更换戏中染娘与侯少爷成亲要穿的婚纱。

走到门口时突然听见造型师尖叫了一声，她连忙跑过去看，只见那件垂挂在衣架上的白色婚纱被染成了红色，染料未干，地上被浸湿了一大半绯红，乍眼一看像是鲜红的血，恐怖至极。

周染衣从小在大染坊长大，对于染料颇有研究，闻着气味她便知道这是什么制作的，她安慰身边的造型师：“别怕，这是石榴汁和乌梅汁混合而成的。”

造型师惊魂未定，一张脸吓得惨白无比，她颤抖地问：“现在该怎么办啊？你马上就要上台了，可这……”

“还有多余的婚纱吗？”周染衣问。

造型师摇了摇头：“没有了。”舞台剧全国巡演一路奔波周折，要带的道具和服饰已是烦琐至极，又怎么可能多带一套婚纱？

“现在就算去最近的婚纱店借也来不及了，明明上台之前我还检查过的，怎么拉个肚子回来的工夫就变成这样了……”造型师慌张得不停叨叨。

周染衣想了想：“就穿这件上台吧。”

“可是……”

“来不及了，先这样吧，你快帮我换上婚纱。”周染衣打定主意。

造型师显然也别无他法，只好帮周染衣换上了这件血色的婚纱。

婚纱的染料未干，湿答答地贴在她身上，虽然是炎热的夏天，但现在毕竟身处开着空调的室内，周染衣忍不住打了个寒噤，起了一身的鸡皮疙瘩。

她拎着婚纱裙上台，“啪”的一声，舞台的聚光灯落在了她的身上。

周染衣站在那里，穿着一袭绯色的婚纱，鲜艳的红色反倒衬得她更加美艳动人。

孔春深与她站得很近，一开始他惊讶于周染衣怎么换了件其他颜色的婚纱，而后他看到她那件婚纱上还未干的染料，在触碰到她衣角的那一刻，蓦地发现这件婚纱还湿着，裙摆拖过的地方留下了红色的水渍。

孔春深想要问个明白，但此刻正处于戏中，他欲言又止。

倒是周染衣的脸色很平静，她扬着甜甜的笑脸在戏中演好染娘初为新娘的模样。

孔春深只好立马调整好状态，回到戏里。

染娘和侯少爷成亲的戏份终于演完，下个桥段是江白鸥刁难周染衣，周染衣和孔春深都回到了舞台后方更换衣服。

“这到底是怎么回事？”孔春深问。

周染衣一边将婚纱脱下，一边换上戏中染娘嫁入侯府穿的少奶奶服饰：“来不及解释了，我先上台了！”

她说着，转身利落地上了台。

造型师抱着换下的婚纱表情不安道：“深爷，染衣的婚纱被人做了手脚，染成了红色。”

“知道是谁做的吗？”

造型师摇了摇头：“我中途出去拉了个肚子，结果回来婚纱就变成这个样子了，明明上台之前还好好的……”

孔春深神色担忧，他拿过那件婚纱看了看，没有发现什么蛛丝马迹。他拍了几张照片，微信传给林风眠，飞快地打字跟林风眠说了大概情况，然后换了侯少爷的另一套服饰匆忙上台了。

这场有惊无险的北京站巡演终于落下帷幕。

孔春深匆匆地向观众谢幕后，便立马召集了众人说起婚纱这件事情。但众人包括门口的守卫都说除了舞台剧的工作人员之外，没有谁进入过封闭的后台。

孔春深调来监控，偏偏那是个死角，看了半天也没找到什么可疑的线索。

容漾漾在一旁小声催着："深爷，记者们已经在外面等候多时了。"

"今天的采访能不能推掉？"孔春深心乱如麻，无暇顾及采访，他只想知道到底是谁在暗中做了手脚？

容漾漾为难道："你也知道北京站巡演的重要性，今天来的都是知名的媒体……"

孔春深叹了口气："那行吧，你帮我看着监控，如果有什么奇怪的地方立马拍照发我微信。"

容漾漾点点头，坐到监控台前。

记者们的采访在大剧院的大厅里进行，现场围着很多刚看完演出兴致盎然的观众们。记者们先是拉了一些路人采访他们对《染娘》舞台剧的感受，一边采访，一边等着主角们的出场。

孔春深和周染衣走了出来，吕姬跟在他们身后，随从的还有她的经纪人。

他们一出现，人群顿时变得沸腾起来，其中以"深爷"和"染娘"的呼声最高，保安们费了很大劲儿才说服他们不要越界。

周染衣对于上次男粉丝直接冲上舞台的画面还记忆犹新，有些后怕地往后躲了躲，孔春深拉着她的手在座位上坐下。

记者们迅速在他们面前围成一个半圆，长枪短炮地对准了过来。

“《染娘》全国巡演到目前已经是第十二场了，请问下在这么多场巡演中，您作为制片人和男主演印象最深的是哪一场？”

“之前巡演中染娘和侯少爷的婚纱是白色的，为何今天换成了红色，有何寓意吗？”

“我听说婚纱事件是有人搞的鬼，是吗？”

“如今的《染娘》与五年前的《小丑先生与鬼姑娘》，这两部舞台剧您更喜欢哪一部？”

……

记者们的问题一个接一个让人应接不暇。

孔春深摆了摆手，示意他们安静下来，冷静道：“请大家一个一个地问，一次性问这么多问题，我纵然有十张嘴也回答不清楚。”

记者们顿时安静了下来，围观的粉丝群里突然有人高喊了一声：“深爷，方七儿还活着吗？”

大家纷纷朝提问人的方向看去，却只闻其声不见其人。

此时人群又一阵骚乱，大家吵吵闹闹着让出一条小道来。

在一片人头攒动中，一个穿着黑色婚纱的女人款款走来，裙摆拖地。

她的半张脸化着鬼妆，另外半张则着浓妆明艳动人，一黑一白交织，看上去诡异却又让人舍不得转移视线，嘴角微微上扬似笑非笑。

她扮演的正是《小丑先生与鬼姑娘》中的鬼姑娘一角。

女人眉心的朱砂痣在半边沉鱼落雁的面貌上熠熠生辉。

孔春深皱了皱眉，吕姬也惊讶地捂住嘴。

身边的周染衣倏地站了起来，呆呆地看着那个女人，喊道："姐姐？"

·第九章·

再多的被子，也没有你的怀抱温暖

Chunshen jiumeng

放着怀旧轻音乐的咖啡馆里。

服务员端进来三杯咖啡，包厢里坐着一对俊男美女，坐在他们对面的是一个化着半边脸鬼妆穿着黑裙的女人。服务员以为见鬼了差点把咖啡洒在桌子上，小心翼翼地问孔春深和周染衣：“你们能看到她吗？”

见孔春深微微点头，服务员才舒了口气，把其中一杯咖啡摆放到“女鬼”面前，快速地走出包厢，顺手合上门。

女人端起咖啡抿了一口，咖啡杯上留下鲜红的唇印，她看着孔春深笑道：“好久不见啊，有五年了吧？时间过得真快。”

女人注意到周染衣看她的痴痴呆呆的眼神，盈盈一笑：“你跟我很熟吗？”

“你不是姐姐吗？”周染衣问。

女人顿了顿，答道：“我没有妹妹。”

周染衣的瞳孔像熄灭的火柴黯淡了下来，不言语了。

“你是方七儿？”孔春深仔细打量着眼前的女人，与记忆中的方七儿如出一辙，尤其是她这身装束，完全还原了当年方七儿扮演鬼装的样子。

“别来无恙啊，才过去五年，你就把我给忘了？当初可是说好一辈子都会记住我的。”女人上扬的嘴角似笑非笑，可是她的眼里却是没有笑意的。

“五年，只闻新人笑，不见旧人哭。”女人看着周染衣，眸底深不可测。

孔春深只觉得思绪万千，剪不断理还乱，他想了想：“你不可能是方七儿，五年前方七儿就已经不在了，你到底是谁？”

“你就那么巴不得我死吗？”女人的声音凛冽了起来，让人不寒而栗。

孔春深不想再与她争执下去：“我不知道你是抱着什么样的目的而来，方七儿的事情我有责任，但请你不要伤及无辜。快递和婚纱，是不是都是你搞的鬼？”

“呵，这是在秀恩爱吗？”女人瞥了一眼周染衣，答非所问。

孔春深牵起周染衣的手：“她是我的爱人，你若是敢伤她一分，我绝不会放过你。”

“哪怕我是方七儿吗？”她挑衅笑道。

孔春深的瞳孔骤然收紧。

谈话不欢而散，孔春深和周染衣回到酒店。

"阿嚏——"刚进门周染衣便打了个大大的喷嚏，孔春深关心地问："是不是今天穿那件湿婚纱着凉了？"

周染衣摇摇头说"没事"，转眼又打了个喷嚏。

将她推进卫生间，孔春深走到花洒前放着热水，浇在手上测水温："你赶快洗个热水澡，然后钻被窝里，我去问问前台有没有感冒药。"

周染衣点点头。

合上卫生间的门后，他拿起床头的电话拨通了前台座机。前台只有西药，并表示可以跑腿帮他买。孔春深想了想，觉得还是亲自去买比较稳妥，便戴了顶鸭舌帽和口罩跟周染衣说了声便下楼了。

药店距离酒店有些远，他在药店里跟药剂师手舞足蹈地描绘周染衣打喷嚏的症状，并再三确认这些药的副作用以及注意事项，弄得药剂师一脸无奈，又招来女店员的星星眼崇拜。明明女朋友只是感冒这么小的事情，却被他整得好像得了绝症一般严重，担心得要命。

"啊啊啊，那个男人不仅长得帅，还那么爱他女朋友，他女朋友可真幸福啊！"待孔春深走出药店，女店员按捺不住少女心地揽着药剂师的胳膊一脸兴奋。

药剂师低头"嗯"了一声："难道做我的女朋友就不幸福吗？"

闻言，女店员的脸上迅速飞上了一抹羞涩的火烧云。

来来回回折腾了大概一个小时，回到酒店时周染衣已经躺下了。她把被子裹得严严实实的，仍在打喷嚏，鼻子擦得红红的，揉成一团团的卫生纸摆在床头。

孔春深用酒店的水壶烧了热水，泡了杯感冒冲剂，端到她面前，来回吹了吹。

缩在被子里的周染衣痴痴地笑：“燕哥哥担心染衣的样子真可爱，染衣好喜欢被燕哥哥照顾的感觉啊。”

“你若是自己也不照顾好自己的话，我可是要生气的。”孔春深把吹凉了些的感冒药送到她面前。

周染衣半躺着身子，小口小口地喝着：“这感冒药甜甜的，真好喝。”

孔春深笑了笑，将她额前的碎发撩至脑后：“一口气趁热全喝完，这样才有药效。”

周染衣乖乖听话，将那杯感冒药喝得一滴不剩。她舔了舔嘴唇，将杯子摆放在床头的柜子上：“燕哥哥，下一次喝是什么时候呀？”

真是个吃货，孔春深无奈地笑了笑，伸手刮了刮她的鼻子：“是药三分毒，没有病的话最好别喝。”他轻轻地将周染衣的身子放平，把被子给她裹得厚厚实实的，一丝不漏，“这样冷吗？要不要再多拿床被子给你？”

周染衣摇摇头：“再多的被子，也没有燕哥哥的怀抱温暖。”

她的眼睛清亮，酒窝浅浅，声音温柔软糯。

孔春深洗完澡换上睡衣，用吹风机吹干了头发。等他躺上床时，发现被窝里的人儿还没有睡着，正发着呆，不知道小脑袋瓜在想什么。

他将周染衣揽至怀中，摸了摸她的额头：“还好没发烧。”

“燕哥哥……”周染衣轻声唤道。

“怎么了？”

“你能给我说说方七儿的事情吗？”周染衣还是压抑不住内心那股好奇劲，“她真的太像姐姐了。”

孔春深想了一会儿从哪里开始说起比较好：“她是个美籍华人，全家都移民去了美国。她在大学里休了个间隔年，踏上了国际义工旅行的道路。她在斯里兰卡的海上火车当过售票员，她在巴厘岛的孤儿院当过汉语教师……

“我遇见她的时候，她在上海欢乐谷的鬼屋里兼职扮鬼，扮演的正是僵尸新娘，穿着哥特式破旧的婚纱，半边脸已经腐烂了，另外半边脸却美艳动人。她坐在棺材上，身影寂寞而忧郁……

“那段时间我一直想写一个关于孤独题材的舞台剧，我原本构思的是小丑的独角戏，所以频繁地跑到游乐园里去搜集素材。可是在鬼屋遇见方七儿时，我突然意识到，这世界上，不是所有人都像小丑一样藏在阳光下哭泣，也有在幽暗中渴望微笑却不得不扮演好别人赋予定义和标签的鬼姑娘。

“我花了一个月的时间把舞台剧的剧本写完，拿着它去找方七儿。方七儿当时准备回美国了，上海原本是她的最后一站，可是当她看到这个剧本时，决定出演鬼姑娘和我一同完成这部舞台剧。

“后来我才知道，她其实在美国过得并不幸福，她的父母在她很小的时候便离婚了，她是跟着父亲去了美国。但是父亲有了新家庭之后，便将她冷落了。她从小就被送去寄宿学校，与家人的关系十分淡薄，所以成年后才会选择用国际义工旅行这种方式去逃避家庭和追寻自我。可是走得越远，她就越迷茫，也不知道自己想要的究竟是什么，直到遇见了《小丑先生与鬼姑娘》这个故事。”

周染衣把脸贴在孔春深的胸膛上，安静地听他继续说着。

“方七儿曾说过，她觉得自己就是鬼姑娘，她比所有人都渴望被温暖包围着，可是她不被理解，她只能封闭自我越来越孤独。我和她其实都没有想到《小丑先生与鬼姑娘》这部舞台剧能够大火，她一夕之间成了名人，通告不断。一开始她感到很兴奋，觉得所有人都在关注她，终于有粉丝爱着她呵护她了。可是慢慢地，她再次感到迷失，因为她发现人们爱她不过是因为她好看的皮囊和想象中的光鲜亮丽，她觉得很挫败。

“那段时间是她内心的低谷期，某天她告诉我让我不要去打扰她，她想好好地静一静，我答应了。恰巧我当时忙于毕业论文的事情，跟学校闹了些矛盾，无暇顾及她，却没想到她后来在公寓里自杀了……”孔春深讲到这里，鼻子一酸，喉咙忍不住地哽咽。

“后来我才发现，她一直有抑郁症，一直在接受心理治疗，一直在吃药。这五年来我不断责备自己，是不是因为我写的鬼姑娘把她心里最不想面对的孤独与黑暗赤裸裸地挖掘出来？如果没有我的演戏邀约，如果她不曾接触到鬼姑娘这个角色，她是不是就不会入戏太深和剧中的鬼姑娘一样选择离开？又或者是不是我没能在她最低谷的时候陪伴她走过那些令她感到孤立无援的日子，因为我的疏忽让她更觉得自己不被重视？

“我沉寂了五年，因为我一直在怀疑自己做的舞台剧到底是不是有用的？后来我看到网上的评论，有人在这部剧里看到了孤独的自己感同身受而越发堕落，也有人因为这部剧直视孤独而自我治愈，后者或许能够让我安心些吧……”

“燕哥哥，我觉得方七儿的死并不是你的错。她一直都很孤独，只是她不知道如何面对，所以她去经历这个世界上所有璀璨的事情充盈自己，可是仍旧很孤独。鬼姑娘也许让她发现了自我，可是她终有一天要勇敢地一个人面对孤独的，不是吗？这是她的选择。”周染衣安慰道。

孔春深想起今天见到的诡异女子，长叹了口气：“其实我倒希望她是真的方七儿，可是我知道方七儿已经走了。这个人的出现，也许是为了报复吧。”

“原来方七儿长得那么像姐姐吗？”周染衣喃喃自语。

孔春深拿起手机，在浏览器上搜索方七儿的照片。

“啊，真的跟姐姐一模一样啊，眉心的朱砂痣，还有嘴角上扬的弧度，天底下怎么会有如此相像的人？”周染衣不可置信，“但方七儿的眼里好像藏着忧郁，而姐姐的眼睛永远都是脉脉含波，或许这便是她们细微的不同之处吧。”

“这件事情我一定会调查清楚的，你的姐姐……”孔春深说到这里时欲言又止，其实他在前段时间得知了周染衣的姐姐已经不在的消息。那天他们在乌镇遇见唱花鼓戏的老人之后，孔春深翻阅了很多资料，并偷偷拜托林风眠去走访还在世的老人们。

最后打听到的是，周染芷其实早被舅舅舅妈害死在大染缸中，可是孔春深不敢告诉周染衣这个消息，他怕她无法承受。他宁愿她永远满怀希望地等着，也不要知道残酷真相后悲痛得肝肠寸断。

方七儿离开后，他太明白生离死别究竟是何种痛苦的滋味了，仿佛从人间到阴间走了一遭，他不会让她也去体会这种痛苦。

孔春深关了床前灯，亲了亲她的额头：“你感冒了，早点睡，对身体好。”

周染衣点点头，慢慢闭上眼睛沉沉地睡去。

等怀中的女孩睡着后，孔春深才进入梦乡。

这一晚他梦见了方七儿，她化着僵尸新娘的妆，穿着哥特式的黑色婚纱，坐在棺材上对他阴森地笑，她说：“我等你好久了，好久了。”

她说着，拉着孔春深的手向后仰去。

她的身后，是万丈深渊，白骨森森，亡灵的声音在耳边呐喊。

方七儿摔落谷底的时候，头顶喷溅出一片血花，半个颅骨都碎开了，她那半边好看的面容扭曲着狰狞着。

孔春深从梦中惊醒过来，定了定神，看了看身边的周染衣。

周染衣睡得也并不安稳，她有些鼻塞，嘴巴微微张着呼吸，皱着眉头。

孔春深将她踢掉的被子拽回来盖好，舒了口气缓缓地睡去，但又在断断续续的梦魇里来回醒来了好几次。

第二天一大早，待周染衣醒后，孔春深帮她叫了份瘦肉粥的外卖。她想吃海鲜的，却被孔春深一口否决："感冒期间最好不要吃海鲜。"

周染衣又提议加几根油条或一份煎饼果子，也被回绝了："感冒药的说明书上写明了忌油腻食物，还有生冷、酒及辛辣食物也不能吃。"

她撇撇嘴，这简直是对一个吃货最大的折磨，但还是只能在孔春深的注视下乖乖就范，低头顺从地喝着索然无味的瘦肉粥。

孔春深无奈地笑了笑，像变魔法一般从身后抽出握紧了的拳头，打开："你看这是什么？"

"哇！巧克力！"还是她最喜欢吃的坚果口味的。

周染衣迫不及待地拿起孔春深手心里的巧克力，剥开包装纸一整个地送进嘴里，舍不得嚼，让它在嘴里慢慢融化，感受着巧克力的丝滑。

她仰起头，对孔春深甜甜地笑。

孔春深宠溺地摸了摸她的头。

对付吃货的最好办法，不让她吃。

奖励吃货的最好办法，让她吃个够。

戏中染娘与侯少爷成亲时穿的婚纱是孔春深花重金聘请知名设计师重工打造的，上面的精致刺绣与裙尾处的扎染技术耗费了手工艺人无数个日日夜夜的汗水与心思，这件婚纱在舞台剧巡演时也曾被媒体们大幅报道过。

如今婚纱被毁，即便修复也要耗费很长的时间，而且无法完全恢复到原貌，若是想找到与其相似的更可谓是难上加难。

造型师送过来新的婚纱，孔春深看了均不满意。他是个精益求精和追求完美的人，舞台剧中哪怕是一根小小的竹签摆放的位置不准确，他都无法忍受，更别说女主角重要的戏服被毁了。

眼看着距离天津巡演只有三天了，孔春深带周染衣辗转各大婚纱店，尽管每次身穿洁白婚纱从帘子后面款款走出的周染衣都让人惊艳万分，但他总觉得这些婚纱缺少了些什么，不尽如人意。

“燕哥哥，你说我们结婚时穿的婚纱会是什么样子的？”周染衣问。

他摇摇头，但这个问题同样勾起了他的好奇心，于是抱着最后一丝希望订了当天的机票，准备去乌镇看看能不能找到一些蛛丝马迹。

孔春深和周染衣走出酒店房间的时候，正好撞见谷先生从隔壁房间里出来，吕姬站在门口，看见了他们，表情有些不自然。

谷先生咧嘴一笑：“我来找吕姬谈点事情，想问问你们什么时候有空回学校给学弟学妹们做场演讲？”欲盖弥彰。

“舞台剧巡演还没结束，我们都很忙。”孔春深面无表情道。

“你们聊吧。”吕姬有些尴尬，合了门，将谷先生锁在门外。

谷先生看了关上的门一眼，又回头看了看躲在孔春深身后的周染衣，笑道："你这丫头怎么每次见到我好像都不太欢迎的样子？"

孔春深往前走了一步，高大的身形完全挡住了谷先生看周染衣的视线。

谷先生自讨没趣，正准备离开，脚步又退了回来，顿了顿，问道："你知道方七儿回来的事情吗？"

"知道。"孔春深淡淡回应。

"她当真是方七儿？"谷先生挑了挑眉，眼底漾着不安与紧张。

"当年您不是也参加了方七儿的葬礼吗？"孔春深反问。

"噢……时间太久远了，五年了，我都快忘了。"谷先生自嘲，"呵，瞧我这记性。"

"如果没其他事情的话，我和染衣就先行离开了。"孔春深礼貌地说罢，便牵着周染衣的手往电梯方向走去。

谷先生回头，目光落在背影袅袅动人的周染衣身上，笑容意味深长。

七月的乌镇骄阳似火。

青石板砖横铺成的小路，让周染衣想起小时候总爱脱了鞋光着脚丫子踩在青石上，蹦蹦跳跳地在河边戏完水又跑回来，留在青石板上的脚印很快被夏天的热气蒸干。就好像记忆中一个又一个的夏天，还没来得及细细镌刻便已随风消散。

孔春深根据林风眠给的线索找到一个又一个与周染衣有关的老人家中，但百年过去了，与周染衣在同一个时代出生的老人基本与世长辞，最后终于找到了一个还存留着周染衣和燕少爷成亲印象的做皮影戏的老人。

他老来眼花看不大清楚了，没认出周染衣来，但提起周染衣与燕少爷的那场世纪婚礼时，他还记忆犹新："那年我才九岁，当时十里桃花盛开，新娘穿着一袭白嫁衣，灼灼桃花落在新娘的白嫁衣上，新娘手挽穿着白色西服的新郎，两人就如天仙下凡一般美好。那天的大染坊撤下了蓝印花染布，全部改成了桃花粉，连空气中，都酝酿着桃花酒的香味，真是一场春意盎然的婚礼啊。"

桃之夭夭，灼灼其华，之子于归，宜其室家。

便是这番美好的景象吧。

"那婚纱据说是燕少爷和染娘一起制作的，以月季花为染料，加入点点的桃花，染了三天三夜才有了那洁白胜雪却又落着桃花的颜色。大婚过后一直珍藏在染娘的闺房里，后来抗日战争爆发，染娘也一直随身携带着它。她想着，等燕少爷归来，她要为他再次披上白嫁衣。"老人继续说道。

"那婚纱现在在何处？"孔春深问。

"据说在博物馆里珍藏着，不过谁也没见到过。"

孔春深和周染衣打听到婚纱的下落，迫不及待地往老人所说的博物馆奔去，在见到馆长之后，将来由毫无保留地托盘而出。

无奈馆长并不同意，说这件婚纱现在在修复，而且属于重点文物，连展出都有些麻烦，更何况穿去表演舞台剧。

“那能让我们看一眼吗？”孔春深苦苦哀求。

好在馆长和孔春深有些交情，便破例让他们看了眼那件婚纱。

婚纱陈列在博物馆最里头的一个小房间里，用透明的玻璃罩着。

婚纱没有想象中的那般花纹烦琐，反倒很简洁，落落大方，月季花的洁白一泻千里，裙摆处晕开着点点桃花红，旗袍立领，一颗珍珠纽扣镶嵌在领子的蕾丝处，两袖是透明的轻纱，薄如蝉翼。头纱长度及地，也许是因为年代久远的缘故微微泛着黄，却反倒像明媚的暖阳，照耀在这一袭映着桃花的白嫁衣上。每一处，都是流动不止的丝丝温柔，不与烟尘有染，附着莹洁纯净的光。

孔春深已经完全可以想象到周染衣穿上这件婚纱时该是怎样的明艳动人了。他收回目光，试探性地再次问馆长：“真的不可以外借吗？”

馆长摇摇头，孔春深只好作罢，牵着周染衣的手走出博物馆。

“燕哥哥，原来婚纱可以那么美啊。”周染衣托腮幻想，“好希望快点穿上那件婚纱，嫁给燕哥哥呀。”

“真是恨嫁。”孔春深笑了笑，亲昵地刮了刮她的鼻子。

“可是馆长不让我们借那件婚纱，现在该怎么办呢？”周染衣歪着脑袋问道。

孔春深兀自叹了口气：“那只能用回原来那件了，虽然被沾了红色的染料，但若是利用舞台灯光效果的话，还是可以调和的，只不过做不到那么完美。”

“全国巡演都快结束了，偏偏出了这样的事故。”周染衣眼神黯淡下来。

“现在风眠也还没查到任何线索，肯定是有人蓄意而为，不然不会那么巧合。”

“会不会……是那个方七儿呢？”周染衣猜测道。

“现在确实嫌疑最大的是她，偏偏在这个节骨眼上她恰巧出现了。但她也没承认，加上没有证据，所以一切事情在尚未尘埃落定之前，都很难说。”孔春深缓缓说道。

“为何这世间总有那么多意外之事呢，大家都简单一点，不好吗？”

他摸了摸她的头：“这个世界不总是那么美好的，但是我希望你这辈子，一直都觉得世界是美好的。”

周染衣点点头，张开双手抱住孔春深，依偎在他的怀里。

乌镇的夜晚，万灯齐放，红的灯笼，黄的荧光灯，亮了起来，映在水中星星盏盏。河水仿佛在乌镇的温柔乡里沉沉睡去，做着繁星璀璨的梦。

青砖红瓦的屋子似乎遗留着民国时期的烟火味，远方传来若有似无的歌声仿佛千百年前哪个意气风发的王孙公子悠然打马而过的“嘚嘚”马蹄声。檐上的瓦楞草在风中摇晃，蓦然回首间像回到了从前，回到了世间最美的初见。

孔春深租了一艘小船，船如灯火在水中漂浮着，那些灯光倾泻在河水中的波光粼粼，恍若碎了一地的金子，晶莹剔透。

船夫在船尾划着桨，他和周染衣坐在船头，看着灯光辉映的乌镇。

“从前乌镇的晚上总是安静极了，店家们天黑便打烊了，街道上只有几盏灯笼亮着，哪能像现在这般灯火通明，繁华美丽。”周染衣倚靠在孔春深的怀里，乌镇的夜景让人看得如痴如醉。

“若是让你选择，你想留在现代，还是回到民国？”

周染衣毫不犹豫地答道：“在哪里并不重要，重要的是燕哥哥。燕哥哥去哪儿，我便去哪儿。”

她的眼睛清亮，酒窝浅浅。

孔春深伸手捧住她的脸，低头深深地吻了下去。

船游过飞檐翘角的水榭亭台，游过宅门紧闭的深深庭院，游过琼楼玉宇的酒家，好像穿越了一个个的时空隧道，从民国到现代，又从现代回到了民国。

幸得识卿桃花面，从此阡陌多暖春。

晚风中，孔春深让船夫在一家小酒馆旁泊岸，他牵着周染衣的手在露天的傍河酒肆把酒临风。

周染衣喝得微醺，双颊泛开浅浅的红晕。

“燕哥哥，染衣真的好喜欢你啊，好喜欢好喜欢。”喝醉酒的周染衣不停地向孔春深表白。

风里弥漫着酒香，孔春深笑了笑，捏了捏她的小脸：“我也喜欢你呀。”

他拥她入怀，弱水三千只取一瓢，愿这美好如斯温柔到岁月的尽头。

两人在乌镇里住了一晚，睡到自然醒。

窗外翠翠红红，处处莺莺燕燕，婉转动人。

周染衣推开木格的花窗。

乌镇氤氲在清晨的雾气里，如一幅铺展开的画卷诗意朦胧。

窗外是条流淌的小河，柳树梢垂落在水底的鹅卵石上，在风里来回晃荡，水面上漾开一圈又一圈的水纹。

周染衣深吸了口气：“哇，还是乌镇的空气好啊。”

紧接着，她灵敏的鼻子又嗅到了美食的味道：“是萝卜丝饼，还有桂花方糕，啊，还有臭豆干……”

孔春深在她身后无奈地摇头笑了笑：“好好好，都带你吃。”

午饭过后，因为要回到天津去准备晚上巡演的事宜，两人从萧山机场出发，直接飞到天津的滨海机场。

飞机刚落地，手机开机，孔春深便接到容漾漾打来的电话。

“深爷，出事了！”电话那端的容漾漾声音十分慌张。

孔春深看了身旁的周染衣一眼，把手机音量调低，低声问道：“怎么了？”

“谷先生死了，而、而且是在吕姬的房间里被发现的。”容漾漾颤抖地说道，语气结结巴巴。

孔春深怔住，半晌他才慢慢地缓过神来，不可置信地又问了一遍：

“你说什么？”

“谷先生死了，在吕姬的房间里被发现的。”容漾漾深吸了口气，重复道。

电话那端的容漾漾顿了顿，补充道：“还、还有，吕姬现在也找不到人了。”

“我知道了，我和染衣马上就到。”孔春深挂断电话，震惊的心情久久无法平复，他只觉得思绪混乱至极。

周染衣在一旁关心地问：“怎么了？燕哥哥？”

“没事，漾漾让我们快点到而已。”孔春深把脸别向一旁，伸手捂住嘴巴，深深地吸气吐气。他的整个手臂连着胸腔都一直在颤抖，喉咙窒息哽痛得难受。

虽然他确实看不大惯谷先生，但好好的一个人，怎么说死就死了呢？

他带着周染衣走了VIP通道，车子朝原先的酒店开去。孔春深想了想，让司机掉头，对周染衣说：“你先去我一个朋友家那里，我会让他好好照顾你的。”

周染衣意识到可能发生了什么大事，她摇摇头：“我不要！燕哥哥，到底出了什么事情？你告诉染衣好不好？我们不是恋人吗？有什么事应该坦诚相待，共同承担才对。”她紧紧地挽住孔春深的手不放开。

孔春深理了理思绪，努力让自己平静下来：“谷先生死了，在吕姬的房间里被发现的。”

周染衣惊讶得捂住差点尖叫出声的嘴：“真、真的吗？”

“具体我也不知道怎么回事，得先去看看，容漾漾和卢云他们已经被警察叫去做笔录了，吕姬现在下落不明。”

“燕哥哥，我陪着你。”周染衣伸手环抱住他，“你别丢下染衣一个人，哪怕前方是刀山火海，染衣也陪你走。”

孔春深心里一阵悸动，亲了亲她的额头。

两人还来不及看现场便被警察叫去做笔录，在警局里碰到了林风眠。孔春深知道林风眠在一个月前从乌镇调到了天津，但没想到他会负责这个案子。

林风眠给孔春深看案发现场的照片，凶残至极，遍地鲜血，墙上有无数的手掌抓痕，看得出来死者生前是被千刀万剐活活折磨致死的。

孔春深连忙捂住了周染衣的眼睛，不让她看这些血腥的照片。

“到底是多大仇多大怨才会下得了这么狠的手？”林风眠啧啧道。

“现在调查到哪一步了？”

“酒店的监控只显示吕姬和谷先生进出过那间房间，而吕姬在谷先生死后就失踪了，所以毫无疑问她现在嫌疑是最大的。”林风眠看向孔春深，“吕姬和谷先生的关系，你应该很清楚吧？”

孔春深摇摇头，不愿意多说。吕姬和谷先生这么多年暧昧不清，如果非说两个人是清白之交那定是假的，吕姬大红大紫的演艺事业一直靠谷先生捧着，说白了，谷先生是她的金主。

但孔春深一直是个看客的状态，看透不说破。

吕姬曾在某个月黑风高的夜里敲开自己的家门，哭着要他救她于水深火热之中，那时候他引用了茨威格在《断头皇后》里的话告诉她："所有命运馈赠的礼物，早已在暗中标好了价格。你若想要享受这份荣耀，就得承担得起皇冠背后的重量与华丽袍子上爬满的虱子。"

后来吕姬一路摸爬滚打逆流直上，从戏剧行业又转去了影视圈，几乎大半的影视剧和大银幕都能看见她的身影。她一路逆袭一路蜕变，花了五年的时间爬到了影后的位置，这五年的辛酸苦水，想必只有她自己知道。

谷先生死亡的事件被报道后，一时间沸沸扬扬，将谷先生和吕姬这段不伦恋推向了风口浪尖处。人们都在津津有味地扒着两人的桃色绯闻，却忘了事件的重点是谷先生的死亡真相，好像理所当然地默认了这是一场谷先生与吕姬之间价格与筹码没谈好的情杀案。

"我在戏剧学院只待了一年，你跟吕姬是最熟的。"林风眠试图从孔春深的嘴里找出任何有关线索，"吕姬现在失踪了，你觉得以她的性格，会去哪里呢？"

孔春深再次摇摇头，握紧了周染衣的手："这件事情从头到尾我和染衣都不知情，我们昨天到今天早上一直都在乌镇待着，中午的飞机才到天津，航班和客栈入住信息都是可以查到的。"

林风眠想了想，又问："那你最后一次见到谷先生是什么时候？在哪个地方？"

孔春深的瞳孔骤然收紧，皱起了眉头。他知道林风眠这是在试探他，前面他明明已经说了调查过酒店监控，那么一定看到了他和谷先生在吕姬房间门口的碰面，便如实答道：“昨天早上在酒店，他从吕姬的房间里出来，他是准备来找我们商量回戏剧学院开讲座的事宜的。”

“哦？那吕姬撞见你了，之后有什么反应没？”林风眠问。

孔春深平静道：“后来我和染衣就离开酒店了，直接去了乌镇。”

林风眠一边点头，一边做着笔录。

舞台剧《染娘》在天津的巡演因为吕姬的缺席不得已被迫取消，通知一出，顿时引起了轩然大波，大批观众在大剧院门口不满地抗议。

群众怨声载道，保安花费了好大的力气才将人群疏散，最后一场在乌镇的巡演也悬而未决，面临着大量退票。

舞台剧所有的工作人员和参演人员都滞留在天津接受调查，孔春深和周染衣做完笔录出来时天已经黑了，两人疲惫不已。

路过天桥时，周染衣笑着往一处小吃摊跑去，回来时手上多了几串串串香。她将一串鱼豆腐塞进孔春深的嘴里，甜甜笑道：“燕哥哥，心情不好的时候就吃点东西，吃完就会变得开心哦！”

孔春深看着她一脸人畜无害的笑容，抿嘴笑了笑，吃着那串鱼豆腐。

他真想让她永远也不要接触到这些残酷的东西啊。

他真希望她就这么一辈子快乐无忧下去。

五年沉寂，重回世俗，却发现红尘依旧纷纷扰扰，他倦了，他也不想知道所谓的真相究竟是什么了。他只想带着她远走高飞，去世外桃源，去看绿水蓝天，去赴一场春光美梦，做个闲云野鹤，悠悠岁月，自在逍遥。

原先的酒店被封锁，孔春深订了家 loft 民宿，有客厅有厨房有卫生间，就好像在上海的小窝一般温馨。

“可惜少了十一和一月。”周染衣有些失落。

这几个月的巡演忙得让人喘不过气来，偶尔才能回上海一趟，孔春深便将十一和一月托付在了好朋友那里。

他让朋友发来十一和一月的视频，周染衣拿着手机看着两只猫傻傻大笑：“一月也太能吃了吧，简直是得了我的真传，才几个月不见，个头就已经有十一两个那么大了？果然橘猫就是容易发胖啊，大橘为重，大橘为重……”

孔春深看着视频里可爱的十一和一月，嘴角终于露出了这一天下来久违的微笑。

“燕哥哥，一切都会好起来的。”周染衣安慰道。

他知道她一直在试图让自己高兴起来，鼻尖一酸，将周染衣拥入怀中，亲了亲她的额头：“我真的一点也不愿意让你去接触和看到这些黑暗复杂的东西。”

周染衣往孔春深的怀里蹭了蹭，像一只调皮的小猫：“染衣没事的，染衣经过阿爸阿妈离世之后，对于死亡已经没有那么惧怕了。死亡，大概是另外一种活着的方式吧。”

“父母去世的那段时间，你一定很难过吧？对不起，我却没有给你一个缓冲期，就贸然地把你带到现代世界中，也不加以理解，还处处嫌你生活能力低下。”孔春深抱歉地说道。

怀中的周染衣摇了摇头，吸吸鼻子：“是燕哥哥的出现让我暂且忘记了伤痛，如果没有燕哥哥，染衣无法一个人走到现在。阿爸阿妈后来给我托过很多梦，他们对你很满意，让我跟你好好地在一起，白头到老。”

她轻抬头，眼睛亮亮地看着孔春深，抿嘴时酒窝深深，语气温柔软糯，扎在孔春深的心上，又酸又软。

孔春深摸了摸她的后背，把怀中人抱得更紧了。

等这一切结束，他便带她远离红尘世俗，他躬耕垄亩，她相夫教子，两人牧歌田园，共话麻桑，一生无忧一生洒脱，一世周全一世安定。

·第十章·

这个春天找不到，下一个春天继续找

Chunshen jiumeng

《染娘》最后一场全国巡演定在两周后，地点是乌镇。

虽然这场巡演能否如期开展还是个谜，但乌镇那边的场景布置和搭建都已经准备得差不多了，加上这个舞台剧是以乌镇为背景展开的，当地政府十分重视，甚至跟孔春深提出：只要男女主演都在，若是女二号吕姬缺席，找其他演员替换就可以了。

但孔春深坚持要吕姬，他心意已决，如果吕姬无法参演，那么最后一场巡演将不了了之。这是他的原则：一旦角色敲定了人选，便不能随意替换。

天津大剧院关于《染娘》的舞台背景和道具正在一点点撤离，孔春深和周染衣去剧院里检查有没有遗漏的。

周染衣想起自己似乎有对耳坠遗落在化妆间里，便离开孔春深的视线去寻找。

刚走进门，便见一个穿着水绿色旗袍的女子在对镜梳妆，旗袍裁剪有致，仿佛夏日的荷叶包裹着她曼妙的身材，高至臀间的大开衩露出白得犹如冰玉一般的大腿。头发整齐地盘起，发髻倾斜在一端，佩戴着流苏发箍，柳叶眉，眼波含媚，酒红的唇色尽显古典东方女人之美，仿佛民国时期从画报上走下的美人。

她转过头，周染衣便看到了她眉心的朱砂痣，她正拿着红色的眉笔轻点。

“姐姐。”周染衣又惊又喜地走过去。

女人缓缓站起来，水蛇腰，身材凹凸有致，迈着一侧白花花的大腿走到周染衣面前：“我的好妹妹。”她轻笑。

“真的是你吗？姐姐？”周染衣挽起她的手，她所熟悉的姐姐便是这般模样，通身流露出明艳动人的气质，仿佛滚滚红尘中涉水而来，仰俯行走间落落大方。

“你喜欢孔春深，对吗？”女人轻声问道，声音遥远得仿佛被光阴抛掷了很久。

“嗯。”周染衣点点头，“姐姐你也认得他吗？他就是我的燕哥哥啊，你以前老是不相信有燕哥哥这个人……”

女人伸手轻轻地捂住周染衣的嘴。

周染衣闻到她指尖传来的香水味，迷离诱人。

姐姐素来喜欢香水，但这个香水味，周染衣从未闻过。

“姐姐也喜欢他。”女人说道。

周染衣怔了怔，不知道她说的喜欢是何种喜欢。

女人慢慢地贴近周染衣的脸，她呼吸均匀地在周染衣的耳边吐纳气息，声音轻柔：“所以，你把他让给姐姐好吗？”

她伸手，轻轻地摸了摸周染衣的脸，手来回地游走，停落在周染衣白皙的脖颈，精致的锁骨，最后落在周染衣的背上，抱了抱，然后松开。

女人直勾勾地看着周染衣，周染衣只觉得精神有些恍惚，她甚至有些分不清眼前的女人究竟是真实存在还是幻境，只是看着女人眉心间的朱砂痣发愣。

女人的薄嘴唇涂得亮汪汪的，娇红欲滴，她启唇又问了一遍：“把他让给姐姐，好吗？”

化妆间里安静得只剩下女人的声音。

恍恍惚惚中，周染衣听见自己应了声“好”。

她最爱的姐姐，她找了那么久的姐姐，她愿意为之付出一切的姐姐，她什么都可以答应姐姐。

包括……燕哥哥吗？

“染衣！”孔春深焦灼的声音将周染衣唤回现实。

孔春深走过化妆间，见她在门旁呆呆地立着，过去拍了拍她的肩膀：“你怎么跑这里来了？我刚刚一直在找你。”

周染衣吓了一跳，慢慢回过神来，她张望四周，却早已不见那个女人的踪影。

“姐姐呢？”仿佛只是一缕轻烟，随风而散了。

“什么姐姐？”

“我刚刚看见姐姐了，她穿着荷叶绿的旗袍，就站在这里，就这个位置。”周染衣有些语无伦次。

孔春深左右看了眼化妆间，目光落在镜子前摆放着的红色眉笔上，皱了皱眉头。

这几日孔春深和周染衣都停留在天津，他们想确保舞台剧所有工作人员都洗清嫌疑之后再离开。

这天孔春深正在酒店里用电脑跟乌镇那边负责舞台剧场地的工作人员视频对接相关事宜，突然手机接到一个陌生号码打来的电话，原本想按掉，但本能让他按下了接听键。

接通后，电话那边鸦雀无声，孔春深一连“喂”了好几声，才听见一阵低低的啜泣声：“深、深爷，你能帮帮我吗？”

再熟悉不过的声音，他立马便猜到了是谁：“你在哪里？我现在立马去找你。”

半个小时后，孔春深拉着周染衣出现在一家咖啡馆里。

他在咖啡馆里来来回回转了好几圈，最后是周染衣指了指一个特别隐蔽的角落：“燕哥哥，那是不是……”

他顺着周染衣指的方向望去，那里坐着一个畏畏缩缩的女人，戴着巨大的墨镜，一张惨淡的脸包裹在头巾之下。

两人走了过去，在她面前坐下。

吕姬慢慢抬起头，举目不安地朝四处张望了一眼。

“你放心吧，就我跟染衣两个人。”孔春深口气温和。

吕姬端起桌上的咖啡喝着，她的整个手臂都在颤抖，汤匙在咖啡杯上发出小小的碰撞声。她努力让自己冷静下来，但一开口声音便是颤抖的：“深爷，你、你一定要帮帮我，我已经走投无路了。我混了那么多年，不能就这么毁于一旦。”

“你得把事情的来龙去脉都说清楚，我才能知道怎么帮你。而且你放心，负责谷先生这个案子的是林风眠，我相信他的为人，他一定会公正处理的。”孔春深流露出在吕姬面前从未有过的温柔一面。

吕姬点点头，似乎在一点点回想着：“我那天确实跟姓谷的发生了争执，我知道我跟他的事情快包不住了，所以想要做个彻底了断。可是他根本不肯放过我，他说我若是离开他，若是违反了约定，他就把我们的事情公之于众，这么多年来，他一直都是这样威胁我的。”

吕姬说起这些事情时，因为惧怕，她的五官拧成一团，可见她究竟受了多大的伤害。她端起咖啡，又喝了一口，咽下去后继续说道：“但那天我实在是忍不了了，我不想像个傀儡一样永远活在他的操控之下，我想要远离他，越远越好。然后他对我动手了，骂我卑贱，我打了回去，结果在推搡的过程中，他的头不小心撞到了床角。我当时以为他是装的，不解恨地又踢了几下，却发现他一动不动的，我害怕极了，伸手放在他的鼻子下面，却发现没有了气息。”

“可是案发现场到处都是血？”孔春深疑惑。

“是……我看到了新闻，那些血不是我弄的，我真的只是推了他一下，他当时也就脑袋流了些血，但不可能流那么多，我也不知道怎么会变成这样……”吕姬说着，无助地抽噎了起来。

周染衣连忙抽了几张桌子上的纸巾递给她。

“那你为什么要躲起来？”孔春深继续问。

“我太害怕了，我不知道怎么面对，我不想我的粉丝们看到我进了警察局……我……对不起，我其实那天去了剧院等着，我不想去警察局，可是后来我看到主办方说当晚的巡演取消了……”吕姬一边擦着眼泪，一边语无伦次道。

“如果事实真的是像你所说的那样，你应该去警察局，才能够还你个清白。你当演员也不是一天两天了，应该知道舆论的杀伤力有多大。如果一味地逃避的话，不仅无法洗脱冤屈，还会让你的粉丝们失望。”孔春深劝道。

吕姬轻轻抬起头，看向他，犹豫了一会儿问：“你……现在知道了我和他的事情，会不会看不起我？”

“其实你们的事情，我早就猜到七八分了，但是我不会看不起你，你是靠自己的努力走到了今天，哪怕付出的东西是不光彩的，可你并没有做什么伤天害理的事情，那么你便是很厉害的。”孔春深平静地说道。

吕姬两行泪水又落了下来。

“我们陪你去警察局吧。你放心，林风眠在那里，他不会很凶的。”

孔春深语气温柔，“想想你是花费了多少力气才走到今天，怎么能因为一件你本没有做错的事情而被打倒呢？”

在一旁的周染衣补充道：“其实燕哥哥一直都挺在乎你的，这些天有好多投资商和举办方提议找新的演员把你替换掉，但都被他拒绝了。因为在他的舞台剧里，真正的江白鸥，只有你一个，既然认定，便不会改变的了。如果全国巡演的最后一场你无法登台，那么燕哥哥愿意取消这场巡演，并承担所有的损失。”

周染衣坐到吕姬的身边，轻轻地握住她颤抖得厉害的手：“请你相信燕哥哥，好吗？就算不是为了你，为了舞台剧，他也不会伤害你的。”

吕姬被周染衣的话打动，终于点了点头：“好，我相信你们。

吕姬走进了警察局里，几天后她的嫌疑完全洗脱干净，她推谷先生的那一下并不足以构成死亡，属于正当防卫。

许多记者在警察局门口围堵吕姬，孔春深特意找了几个保镖护她周全，将她接到民宿里。

民宿里还有一个多余的房间，孔春深让她在这里住下，隔天他们再一起动身回上海。

周染衣将冲泡好的咖啡端到吕姬面前：“姬姐姐，你要是有什么需要就直接跟我和燕哥哥说，你就别出门了，叫外卖或者让我们跑腿都可以。”

吕姬心里有些感动，这几天在警察局里录口供，孔春深和周染衣几乎是彻夜不眠地陪着她，生怕她有任何的闪失。而她那个经纪人，反倒在她出事之后就逃之夭夭了。

人心，真是经受不起考验。

“深爷是个好男人，可惜他看不上我，我也没那个好命被他宠爱。”吕姬看着周染衣说道，“你要好好珍惜他，我从未见过深爷对哪个女人像对你这般好，当年方七儿也……”

吕姬提到方七儿时，突然顿住，她想了想，扭捏了半天：“其实有件事情，我不知道该不该说……”

“是关于方七儿的吗？”孔春深问。

吕姬点点头：“这几天我想了很多，我觉得，姓谷那家伙的死，跟方七儿有关，但是我也没任何证据，只是我的猜测罢了。”

“为什么这么说？”孔春深追问。

吕姬深深地吸了口气，停顿了好长时间，终于开始说话：“其实当年方七儿并不是因为入戏太深才选择自杀的……而是……她是被姓谷的那家伙给侵犯了，造成心理阴影……”

孔春深心里一惊，手中握着的玻璃杯掉落在地上，发出“哐当”的声音。

“你说什么？”

他的声音有些发抖，仿佛一道电刺进了全身脉络，他的每一寸肌肤都像割裂般疼痛。

吕姬抿了抿嘴，鼓起勇气继续往下说：“这件事情，起初我也不知情，是姓谷的告诉我的。谣传方七儿复活时，他一直都很紧张，老跟我说遇见了鬼，看见了方七儿，说她是来报复了。”

孔春深握紧了拳头，瞳孔骤然收紧，最后他终于忍不住一拳捶在沙发上：“姓谷的这个浑蛋！”

吕姬和周染衣都被吓了一跳。

吕姬呆了呆：“我也不知道这件事情的真假，但我觉得姓谷的没必要骗我，因为方七儿死而复生时，他比谁都害怕和恐惧，所以我在想，他的死……会不会跟那个活过来的方七儿有关……”

孔春深懊恼而痛苦地闭上眼睛，捶胸顿足：“我早该发现的……早该发现的……当年那浑蛋一直言语调侃方七儿，方七儿却一直笑着告诉我没事，不用小题大做，其实她一直都在忍耐……”

“姓谷的最擅长的就是装出一副很有生活阅历和知识涵养的样子，他跟我说，方七儿从小很缺父爱，所以很容易落入他这种老男人的圈套里。方七儿自杀后，他一点悔恨之心也没有，甚至在她的坟墓前讥笑她，觉得那是他的杰作。他，就是个变态，死不足惜。”吕姬咬了咬牙，一脸愤恨。

孔春深的手腕上凸起了青筋，他别过脸，背对着周染衣缩着身子，忍受着从胸腔蔓延到喉咙的剧痛。

方七儿自杀的画面在他的脑海里慢慢变得清晰无比，她躺在巨大的浴缸里，脸色苍白，光着身子，一只手垂落在外，鲜血从她割破的手腕滴下，在光洁的大理石上洇染开一朵鲜红刺目的花。她的眼睛睁着，呆木地看着天花板。

而现在，孔春深才知道她是死不瞑目。

她究竟是怎样的心死如灰，才会挥刀割向自己的手腕，鲜活地感受体内的鲜血一点点放干。

割腕的疼痛，或许根本远远比不上她内心的伤痛。

孔春深终于控制不住地朝卫生间跑去，关上门，他蹲在马桶边呕吐，却什么也吐不出来，胃在翻滚，胸腔闷热，喉咙滚烫，头脑晕眩，全身上下没有一处是不难受的。

他明明在发现方七儿的不对劲之后却没有立即解救她，是他的疏忽造成了方七儿落入谷先生的魔掌之中。

他无法原谅自己。

卫生间里传来他干呕与撕心裂肺大哭的声音。

周染衣的眼泪流了下来，她不知道自己该做什么才能减轻他内心的痛苦。

吕姬叹了口气："或许这些事情，我不应该说出来吧。"

"若是你不说，真相便无法大白了。"周染衣回道。

吕姬点点头，从沙发上站起来，走向自己的房间，关上门。

孔春深回到上海之后生了场大病，每天都要躺在床上睡很久很久，从清晨睡到日暮，又从黑夜睡到天亮，仿佛被梦魇缠身了。

林风眠找来了很多医生都无法治愈，大大小小检查一番后都说身体无恙。

周染衣知道这是心病，孔春深心里过不了方七儿那个坎。

方七儿是因为性侵自杀，比她是入戏太深自杀给孔春深带来的冲击更大，他无法原谅自己当时没有及时将她从深渊中拉出，他更恨的是自己将方七儿带入这阴暗的圈内，让她接触到那些衣冠禽兽。

从前一直是孔春深在照顾周染衣，而今是周染衣无微不至地照料他。

周染衣将十一和一月接回家里，每天清晨她给十一和一月开好猫罐头和清理完猫砂后，便乔装打扮一番，戴上墨镜和口罩去菜市场里买菜。她按照心理医生给的食谱认认真真地做菜，有好几次都不小心切到了手，看着溢出来的鲜血委屈了一阵，又立马拿创可贴贴上，强忍着疼痛。

她告诉自己越是在这种时候，越不能哭泣，越不能倒下。

孔春深醒来时总是没有胃口，他看着脸色同样不大好的周染衣也感到很心疼，可是却无能为力。

他觉得自己好像是汪洋里的一叶轻舟，海浪袭来，只能眼睁睁地看着自己不断下沉，却束手无策。

周染衣仍在坚持着，她一直陪伴在孔春深身边。她坐在他的床头给他讲故事，讲她的小时候，讲她记忆中的乌镇，讲民国时期那些好玩有趣的事情。

说到山穷水尽时，她便在网上找来好笑的段子，每次说到一半时自己便忍不住地发笑。

孔春深也想跟着笑，可是他发现自己却变得不会笑了，他甚至忘了如何去笑，就像习以为常保持笑容的小丑，也会忘了原来悲伤是要哭泣的。

他对周染衣感到内疚，他想让她不再理会自己，可是他没办法将她从自己的身边推走。他无法离开她，却在用坏情绪影响着她，拉着她跟自己一起下地狱，越是心余力绌越是自责，越是自责便越是心力交瘁，这好像是一个永远也解不开的死循环。

周染衣每晚都从后面抱着孔春深睡觉，她将她的脸颊贴在他的背上，均匀地呼吸着，半夜醒来时便亲亲他的额头，像他从前一样亲吻自己。

“燕哥哥，一切都会好起来的，悲伤的日子总会过去。”

日子一天天地过去，距离乌镇巡演的日子越来越近，孔春深仍旧一蹶不振，他变得不修边幅，青色的胡楂长满了下巴。尽管睡了那么长时间，他的眼睛却无神地凹陷了下去，好在他的五官仍旧分明立体，即便憔悴，也俊得沧桑。

周染衣拉着孔春深坐到沙发上，像老师教小学生一样让他乖乖地端正坐姿，然后拿来白色的毛巾围在他的脖子上。

她给他洗了把脸，将泡沫涂在他刺刺的胡楂上，拿着剃须刀笨拙地照着网上的教程给他刮胡子，一点一点，小心翼翼。

等周染衣擦干净了泡沫，才发现他下巴处有一道小小的被剃须刀刮伤的口子，可是孔春深仍默不作声，她感到心疼。

周染衣给孔春深收拾打扮了一番，他直立身子的时候，比她高了近一个头，她站在凳子上，给他穿衣服，像妈妈耐心地对待孩子一般："我们家的燕哥哥真帅气，十一、一月，你们说是不是呀？"

她低头去问蹲在她脚边的十一和一月，两只猫同时"喵"了声。

这些天十一和一月似乎意识到了孔春深抑郁的状态，它们不再闯祸，变得十分温顺，总是安静地贴着孔春深的身子趴着，陪伴在他身边。

周染衣把孔春深塞上了一辆出租车，将他的头转向车窗外。

她一惊一乍，大呼小叫着街道上稀疏平常的事物，譬如烤红薯的推车，譬如新开的美食店，譬如东方明珠塔和外滩的风光，她用尽了各种方法想让他的脸上多一些表情。

最后她将孔春深带到了上海欢乐谷，这是她最后的招数了。周染衣托几个人照顾着他，自己则笑着钻进人海里。

孔春深发现身边没了周染衣的存在，开始紧张地四处搜寻她，他在游乐园里来回寻找。

一个戴着浓妆面具、穿着七彩服饰的小丑大摇大摆地走了过来，她在阳光下大声笑着，手舞足蹈，摆出各种滑稽又可笑的动作。孩子们追在她的身后，她分给那些小孩七彩的气球，孩子们拿着气球朝前跑去，嬉笑着。

小丑走到孔春深的面前，拉起他的手，将最后一个红色的气球拴在他的手腕上，系了一个漂亮的蝴蝶结。

孔春深抿了抿嘴，心里一阵酸楚，他摘下小丑的面具。

那一刻他仿佛看到了方七儿。

他蓦地想起方七儿在某天排练完舞台剧对他说的话，她说：谢谢你，是你让我找到了活着的意义，即便最后我的人生和鬼姑娘一样死去，我也没什么可遗憾的了。

他以为是自己毁了她的人生。

其实恰恰是他救赎了她。

如果方七儿不曾遇到鬼姑娘，她还会一路漂泊一路流浪下去，即便有家也不回地居无定所。她的内心永远是孤独的，孤独地生活在阴暗处。

是鬼姑娘曾给了她希望，让她知道这世间有许多像她一样孤独的人。

在孤独这条路上，她从来都不是孤军作战。

那一刻，孔春深忆起方七儿灿烂的脸庞，蓦地释怀了。

三天后，《染娘》最后一场全国巡演在乌镇如期开演。

乌镇特意为这场舞台剧搭建了一个水中舞台，舞台的背景和左右两侧是高挂悬空的蓝印花染布，与水光色交相辉映。

周染衣特意多次上门，请博物馆的馆长来看了场他们开演之前的排练。

馆长被染娘的故事所打动，当天加急向领导批示。

那件染娘与燕少爷成亲时的婚纱他们终于如愿以偿地借到了，这件事情也带来了不小的轰动，为舞台剧在乌镇的正式开演预热了不少。

后来人们通过电脑技术复原了一张染娘和燕少爷的合照，人们惊讶地发现，周染衣和孔春深的模样竟与染娘和燕少爷生得一模一样，甚至有人开始怀疑这两人不会就是从民国穿越而来的？

对此周染衣在面对媒体采访时巧妙答道：“染娘就是我，我便是染娘，而孔春深就是我的燕哥哥。”

“两姓联姻，一堂缔约，良缘永结，匹配同称。看此日桃花灼灼，宜室宜家，卜他年瓜瓞绵绵，尔昌尔炽。谨以白头之约，书向鸿笺，好将红叶之盟，载明鸳谱，此证。”

周染衣换上了那件中西结合的婚纱，从舞台后方走出来时惊艳四座。

她凝神望着眼前与她举行婚礼的男人，只觉得恍然过了一个世纪那么长，他们仿佛从民国一直走到了现在。

她想，他的眉眼，她此生都不会忘记。

周染衣其实欺骗了孔春深，那天在游乐园里的小丑并不是她，而是那个“方七儿”，她在寄来的剧本里看到了方七儿写下的对孔春深的爱。

原来方七儿爱孔春深爱得那么深，她与谷先生一事其实是为了孔春深。当年孔春深在戏剧学院里嚣张叛逆，惹怒了校长。方七儿为了不让孔春深被记大过和被迫终止舞台剧的演出，选择了牺牲自己，可正是因为这件事情，她无法原谅自己，亦觉得配不上他。

此后方七儿被抑郁症所困扰，她困在那件事情里再也走不出来了。她不后悔，可她就是无法迈过这道坎，无法面对自己将身体给了除孔春深之外另一个人的事实，所以她选择用割腕自杀这样极端的方式自我毁灭。

周染衣被方七儿的爱情所感动，她亦望着那张像极了姐姐的脸庞心软了下来，无论她是方七儿或者姐姐，周染衣发觉自己应该是选择退出的那个人。

她深以为自己不过是孔春深五年来的惊鸿一瞥，而不是陪伴他走过细水长流的人，毕竟他们本来就不是一个世界的。

他们来自两个时代，这段恋情注定是无疾而终的。

她要找的燕哥哥，应该还在属于她的时代里等着她，她不能让他的等待落了空，她亦不能改写历史。

周染衣看见露天舞台头顶的血色圆月，它仿佛在召唤着她，让她回到原本的时代洪流中去。

戏中的染娘最后下落不明，周染衣也将在这场巡演过后销声匿迹了。

燕哥哥，我会记得你的眉眼，记得我们相爱过的时光，记得日光倾城，记得细雨微凉，记得那个春天里发生的事情，记得所有与你在一起的好天气。

可是现在，染衣要回到属于自己的时代了。

她应该爱的人，是民国的燕少爷。

一个黑影快速地从孔春深的眼前闪过，往楼道的方向去了。孔春深顿了顿，连忙动身去追。

那黑影是个穿着黑衣高大的男人，他一路跑下楼梯，神色匆匆。

孔春深穷追不舍，最后他直接抬脚翻过栏杆，一个空翻后挡在黑影的面前。

他直起身子，拽住黑衣男人的胳膊："你到底是谁？！"孔春深大声质问。

黑衣男人慢慢地转过身来，孔春深直勾勾地盯着他。

而后，他看到了自己的脸。

黑衣男人，正是他自己。

"染衣在等你，你为何还不去找她？"黑衣男人幽幽地说道，声音像冰冷的机械声，回荡在孔春深的脑海里。

半夜停了电，空调"嘀——"了一声之后自动进入休眠模式。

孔春深惊醒了过来，意识到是一场梦之后头疼地拍了拍额头。他流了很多汗，屋里十分闷热，迷迷糊糊之中听到电话铃声，他伸手摸索到手机，抓起来按下接听键，"喂"了一声。

电话是林风眠打来的，他的声音激动不已："杀害姓谷的凶手已经找到了。"

孔春深清醒了过来，他半坐起身子，摸了摸身边的位置，被窝却是空着的,他伸长脖子探起头,看到一楼的卫生间里亮着光,便放心了下来。

他戴上蓝牙耳机。

"你还记得那个跟方七儿长得一模一样的女人吧？她确实不是方七儿，而是方七儿的亲妹妹。当年方七儿的父母离婚后，方七儿跟着父亲移民去了国外，她的妹妹则留在国内跟母亲一起生活，姐妹俩经常保持着联系。

“其实她妹妹过得一点也不幸福，比她惨多了，母亲沾染上了赌博，还有暴力倾向，动不动就打她。妹妹在十五岁那年离家出走，到处打黑工，方七儿一开始并不知道，直到她来上海找妹妹，才得知了这件事情。

“方七儿在鬼屋里做的僵尸新娘兼职其实是帮她妹妹做的，她妹妹就和你写的鬼姑娘一样，一直活在阴暗里却渴望着阳光，她才是真正的鬼姑娘。而相比之下方七儿更像小丑先生，虽然活在阳光之下但过得并不快乐。”

孔春深一边听着电话那端的林风眠喋喋不休着，一边从床上下来，顺着楼梯走到一楼。他在厨房里接了杯凉水，咕咚咕咚地喝着。

“妹妹不想拖累方七儿，所以一直活在她的影子下，以她的助理身份，你一定还记得方七儿身边那个经常戴着口罩和帽子的经纪人吧？那就是方七儿的妹妹。其实她和方七儿并非双胞胎，长得不大相像，妹妹没方七儿那么好看，也没有她眉心间的朱砂痣。

“但是在方七儿走后，妹妹为了给姐姐报仇，花了五年的时间整容成她的模样，并学会了她的所有言行举止。而她眉心的朱砂痣，竟然是拿铁丝自己烙上去的。”

孔春深听到这里时顿了顿，“嘶”了一声，已经能想象到那是何种的痛苦了。

电话那端的林风眠继续说着，如滔滔不绝的说书人：“你也知道性侵事件了吧？所以那个方七儿真正复仇的对象是姓谷的，她在警察局里全都招了。唉，感觉两姐妹的人生就这么给毁了，真是可惜。对了，也多亏你提供了一些情报，让我从那个方七儿入手，才有迹可循，不然这个案子完全毫无头绪啊。”

孔春深拿着手机走到卫生间门口，听见窸窸窣窣的动静，门是半掩着的，他出于礼貌没有直接推门，而是轻轻地唤了声“染衣”。

卫生间里却传来猫的叫声，十一从门缝里钻了出来，不停地蹭着孔春深的拖鞋。

孔春深皱了皱眉，心里“咯噔”了一下，他推开卫生间的门，一月正趴在洗手池上用猫爪来回拨着灯的开关。

卫生间里并没有周染衣的身影。

孔春深连忙转身在客厅、厨房、储物间来回寻找，又跑到二楼找了一遍。

电话那端的林风眠没听出孔春深的慌乱，仍在说着话：“对了，我听这个方七儿提到，她见过周染衣几次，虽然你不是真正伤害她姐姐的人，可是她对你心存怨念。她觉得，是你没有照顾好方七儿，所以你也不配拥有爱情，不配跟周染衣在一起，她说想要拆散你们。

“这些话我也就随便碎碎念给你听啊，你别告诉周染衣，我知道她胆小……”

孔春深继续在复式楼里来来回回地寻找周染衣，他大声呼唤她的名字，甚至跑到走廊上发了疯一样地喊。

“你怎么了？染衣不见了吗？”电话那端的林风眠也跟着紧张了起来。

孔春深急得泪水浸湿了眼眶，他往自己的胳膊上咬了咬，留下几道很深的牙印，他强迫自己冷静下来，可内心却焦躁无比。

最后他无助地哭了起来，瘫坐在地上，打开免提：“风眠，染衣、染衣不见了……”

根据监控显示，周染衣深夜一点在家门口打了辆车，往乌镇的方向去了。

孔春深开着车行驶在从上海去乌镇的高速上，天色漆黑无比，一轮血色的圆月悬挂在空中。他把车速开到最快，咬着牙像一只忍住撕咬冲动的野兽，快要崩溃至极，他的眼睛红得可怕，布满了血丝。

孔春深打开车窗，让沉闷的大风刮进来，八月份江浙一带的空气潮湿而闷热，好像离他初见她时的那个深秋不远了。

他的热泪一直在往外滚烫地涌，他控制不住情绪地哭起来，脑海里全是关于周染衣的记忆，她歪着脑袋朝他笑，她笑得眉眼弯弯，酒窝浅浅，日光倾城照得她刚刚好，她声音温柔软糯地喊着：“燕哥哥……”

他想起舞台剧最后一场乌镇巡演的前一天晚上，周染衣匍匐着身子贴在他的后背，她说：“燕哥哥，若是染衣不在你身边，你要好好地照顾自己，不要把太多的爱给十一和一月，偶尔也要多爱自己一点。

“不要总是封闭自己，要多出去走走看看这个世界。

“不要活在过去的悲痛中，人死无法复生，就让我们带着对他们的记忆勇敢地代替他们活下去。”

……

那时候他从未意识到这会是离别前的箴言，他以为她胡言乱语的可爱毛病又犯了。

他没当回事，就像五年前方七儿吐槽谷先生的龌龊时，他也没当回事。

孔春深心痛得无以复加，他觉得自己快要喘不过气来，他的手紧紧地抓着方向盘，就好像抓住了救命稻草，全身剧烈地颤抖着，疼痛从头到脚贯穿全身。

那因为周染衣而燃起的心中烛火，仿佛被突如其来的瓢泼大雨无情浇灭了。

曾经他以为自己无论过了五年，还是十年，都会活得这般颓废，不热血不成就，没死就还好。直到遇见了周染衣，是她救了他，他本来已是干涸的海绵，是她重新给自己注入了生命的活力。

可是为什么在他重新拥有肆意哭笑的能力时，在他好不容易忘记那些坠入深渊的痛苦时，周染衣又离他远去了？

染衣，周染衣，你到底在哪里？

“染衣那时候只想找个地方躲起来，可到处都是记者，所以我只能躲进大染缸了……以前我在大染坊的时候，每次跟姐姐玩捉迷藏，都会躲进大染缸。”

“不过有一次，我等了很久也没有等到姐姐，后来等我从大染缸里出来的时候，发现外面的世界都变了。大染坊里空无一人，而且好像已经荒废好久了。我跑出大染坊找阿爸阿妈和姐姐，却发现乌镇好像不是从前的乌镇了，虽然还是小桥流水人家，可是街坊邻居都不是我所熟悉的，他们穿的衣服也很奇怪。对了，说起来还真有点像我现在见到的世界。”

“我就是在那时候第一次见到燕哥哥的，你穿着背带裤，戴着顶鸭舌帽，我问你叫什么名字，你不理我，就呆呆地看着屋檐上的燕子发呆，说燕子春来秋去，总会在明年的春天回来。我当时太小听不懂你在说什么，于是就叫你燕哥哥了。”

“那时候舅舅舅妈请了整个家族的长老来给我定罪名，要将我扫地出门，我一害怕，便躲进了大染缸。等我再出来时，便遇见了燕哥哥。”

……

周染衣的声音在他的耳边回响，断断续续的，他用力去拼凑那些碎片。

“小时候阿妈常跟我说，不能指月亮，若是指的话，月亮娘娘会生气的，晚上的时候会来割你的耳朵，给你一些惩罚。”

“小时候我玩捉迷藏经常被姐姐给找到，哪怕我藏进了最隐秘的大染缸，姐姐也能轻而易举地找到我。”

“有一天我藏在大染缸里抬头时，突然看到月亮在我的头顶，那时候我就知道了，一定是月亮向姐姐告的状，她出卖了我，所以我就指着月亮大骂了一顿。结果第二天醒来，耳朵上便有了一道被割过的印子。”

“从那以后我就再也不敢恼怒月亮了，哪怕玩捉迷藏总被姐姐给找到。直到后来阿爸阿妈离开了，姐姐也下落不明，我被舅舅舅妈冤枉成杀人凶手。那时候我害怕得躲进大染缸，求着头顶的月亮将我带走，第二天我便见到了燕哥哥，或许是月亮娘娘在可怜我吧。”

……

孔春深抬头望着远处天边高悬着的血月，摇摇欲坠一般。

他打开车子的音响想让音乐掩过哭声，无意间按到了新闻频道：“今日凌晨四点，难得一遇的天狗食月即将上演，上海、江苏、浙江等地均能观看到天狗食月的全过程，不少天文爱好者和摄影爱好者登上了高山，想要近距离记录下天狗食月……”

孔春深看着深色的血月，突然间想起来了，什么都想起来了。

十三年前有一场天狗食月，少不更事的他非拉着父母去飞来峰看这奇观。天狗食月时天色暗了下来，三人不慎踩了空坠入谷底。父母为了保护他将他高高地托起，最后只有他活了下来。那段记忆太悲痛，以至于他的大脑选择性地忘了这段记忆。

后来他在医院醒过来，他不知道自己是谁，大家怕他自责和悔恨骗他说他本就是无父无母的孤儿，是在乌镇捡到的，所以他独自一人去了乌镇，在那里遇到从民国穿越而来的周染衣，那才是他们的第一次真正相遇，周染衣给了他一块姑嫂饼吃，并甜甜地叫他“燕哥哥”。

原来记忆并没有失去，只是选择了藏匿。

孔春深内心绞痛着，他把车速开到最大，似乎要朝着那血月撞去。

“嘀、嘀……”

“医生，他怎么样？”

“病人已经脱离了生命危险，不过脑袋受到了强烈的撞击，是否有严重的后遗症还需要多加观察……”

躺在病床的男人意识慢慢清醒过来，他费力地掀开沉重的眼皮，眼前一片模糊，他眨了眨眼睛努力让自己定神。

“燕哥哥，燕哥哥……”周染衣温柔软糯的声音又在耳边回响，把他渐渐从死亡大门里拉了回来。

他强迫着让自己完全苏醒，视线变得清晰了，眼前是白花花的天花板。他微微侧了头，看到一个女子和身穿白大褂的医生站着说话，他们的声音遥远而混沌，他听不大清。

医生走了出去，合上门。

那个女子转身走近孔春深。

孔春深唤了声“染衣”，但声音只有蚊子般大小，喉咙干哑得难受，像有一口腥血堵着。

“你醒过来了？”女子又惊又喜，她的脸贴近时，孔春深才认出是吕姬。

吕姬握着孔春深的手："没想到你去一趟乌镇就发生这么严重的车祸，还好医生说你的身体没大碍了，就是脑部受到了撞击需要继续住院观察……"她说着，眼泪掉了下来。

"染衣呢？染衣呢……"孔春深反复问了好几遍，他想坐起来，可是连动一下手指都费劲，全身无力。

吕姬凑近他的嘴边，半天没听清楚："染衣？什么染衣？"

"周染衣，她在哪儿？"孔春深又问。

"我听不懂你在说什么，你是不是意识还没完全清醒？我去叫医生来。"

吕姬正要起身，孔春深终于费劲地握了一下她的手："帮我找染衣……"

"没有染衣，我不认识你说的染衣是什么？你忘了吗？你本来是要去乌镇参加戏剧节的，结果去的路上发生了车祸。这一昏迷就是十个月，《染娘》舞台剧也搁置了。我推掉了所有的演艺通告专心照顾你，终于等到你醒来了……"吕姬一边说一边哭，悲喜交加。

孔春深恍了恍神。

又一年的乌镇戏剧节，仍旧热闹非凡。

一个身穿白衬衫、细纹背带裤的高大男子穿梭在人群中，他手里抱着一只布偶猫，过往的路人以为他是杂耍艺人，纷纷举起手机拍照。孔春深腾出一只手将鸭舌帽往下压了压，低着头，半张俊俏的脸完全被掩住。

他径直往大染坊的方向走去。

孔春深在医院里住了两个月就出院了，常人需要一到两年的恢复时间，他却咬着牙坚持不懈地做着艰难的康复训练，在短短两个月里恢复到可以行走自如的状态。他的主治医生十三年前也治疗过他，说他那时候从山谷跌落受了伤，也是靠着顽强的毅力和不间歇的训练在最短时间内将身体恢复如初，几乎打破了医学纪录。

而这次因为脑部再次受到撞击，十三年前未发现的附着在记忆末梢的瘀血慢慢散去，所以才记起了十三年前的事情。医生本以为孔春深知道了十三年前天狗食月父母双亡的事故会很震惊，没想到他却很平静，仿佛早就得知一般。

只是孔春深仍不相信这一年以来和周染衣发生的事情都是梦，尽管吕姬和林风眠反复跟他强调，甚至拉来容漾漾和卢云做证：

民国初年确实有个叫周染衣的女子，生于大染坊，一生历经沧桑。不过那是孔春深舞台剧《染娘》的原型，那张周染衣的老旧照片便是孔春深在搜集素材时找到的。

方七儿的妹妹确实以方七儿的身份回来了，不过当她看到被诊断为植物人沉睡中的孔春深时，对他的仇恨便消散了，甚至还找了个夜深人静的夜晚悄悄来到他的病床前，把自己的复仇计划一五一十地说给了当时还在沉睡中的他听。

而后谷先生确实被方七儿的妹妹所杀，不过案件从头到尾都是林风眠在孔春深的病床旁讲述的。

医生说，孔春深遇见周染衣的一切都是他作为植物人时的臆想。

他躺在病床上的这段时间，虽然不能动，但仍能感受到外界的光影刺激和听见别人的声音，因为记忆的断续和意识的混沌将这一切串联了起来。加上孔春深本身也有涉及编剧写作这一块，编排故事的完整性和逻辑性会比常人更加清晰，所以导致他是梦非梦分不清。就好像我们常常会做一场真实无比的梦，醒来之后甚至让人怀疑那是曾经发生过的事情。

但孔春深仍执着地相信他的染衣是真实存在的。

他相信穿越人潮人海，染衣总会在某个春天里等他。

因为燕子春去秋来，明年的春天还会回来。

大梦一场又如何？梦醒了继续寻找。

这个春天找不到，下一个春天继续找。

孔春深走到大染坊前，大红门有被烧过的痕迹，变得残破不堪，仿佛轻轻一碰就会倒塌，记忆里那片深秋的爬山虎也不复存在，摇曳着的是几丝枯萎的藤蔓。

肩上的十一“喵”了声。

情缘蒹葭，未觉残梦。

清茶半盏，那故事中只剩宅院颓败。

世人笑我太癫狂，一晌贪欢，南柯一梦又何妨？大不了长街醉成过客人。

待到桑榆暮景，浮生散尽，我仍相思寄东风，只求此生转山转水转角处与你再相逢，你在陌上花开里温柔软糯地笑，惊鸿一瞥倾国城。

“染衣。”

孔春深默念着，闭上眼睛，伸出双手推开了那扇大红门。

·番外·

Chunshen jiumeng

大染坊。

蓝印花染布漫天飞舞着。

丫鬟焦灼的声音从头顶传来：“二小姐，你快醒醒，你怎么睡在这里？”

蜷缩在大染缸里的周染衣被人重重地拍醒，她睁开眼睛醒了过来，只觉得全身动弹不得，每轻轻挪动一下，骨头都仿佛要碎裂开来。

她“啊”了一声，却被丫鬟赶紧捂住了嘴巴：“你小声点，现在他们往祠堂方向去了。那群人可是说着要把你扫地出门，二小姐你快点逃吧，从后门走。”

周染衣慢慢缓过神来，记忆有些迷迷糊糊的，她乖乖点点头，在丫鬟的搀扶下蹑手蹑脚地从大染缸里爬出来。她的眼睛因为哭了一夜而红肿，她穿着一袭白色的丧服，脚刚落地时，便见一只白色的布偶猫跑了过来，蹭了蹭她的脚。

“十一？”她惊喜地抱起猫咪。

一阵大风刮过来，染坊的大门像被一只无形的手给推开了。

在纷飞的蓝印花染布里，周染衣见到了那个像是出现在她梦里的男人，眉如剑眼如虹，戴着顶鸭舌帽，一张掩去大半的脸生得俊俏。他穿着复古的背带裤，一条蓝印花染布的领带系在他的白衬衫上。

“燕哥哥！”她跑了过去。

那个男人站在那里对她清浅地笑着，眉眼如画，目光如炬。

（完）